月老

Till We Meet Again

九把刀 作品

獻給20年的老讀者

很久沒出新書了。

雖然是新的序，但這次大家手中的《月老》，是改版二十年前寫的作品。

比起小說，電影是很難估算創作週期的一種作品，我從二〇一九年初寫出第一稿的月老劇本，一直盧盧盧盧盧到二〇一九年底才開拍，然後又馬不停蹄剪接、配樂、音效，然後是極其龐大看不到深處的特效地獄，直到一年後的二〇二一年中才正式完成第一支數位拷貝。原本預計在二〇二一年八月上映，但疫情梅花座的關係，延宕到十一月底，一切都很無常。

這一次電影的起點，要說回曾在福斯電影工作多年的LU姊，當迪士尼併購福斯後，LU姊就衝到麻吉砥加開始製作台灣電影。某天，LU姊找我授權月老。

雖然見面開會時我看起來很冷靜，但我內心真的覺得很扯啦！

哈囉？哈囉！我耶！劈腿被抓包後一直被全世界糗到炸裂的我，還可以拍愛情電影嗎？而且《月老》的經典台詞又是「有些事，一萬年也不會變」，幹幹幹幹幹幹台詞這麼硬！超硬！哇靠真的太衝擊了！

為什麼願意找我拍愛情電影，LU姊奇妙的內心世界我沒有真正問過啦，畢竟有點害羞，但電影的起點是劇本，我自己寫過的小說由我自己改寫成劇本……嗯嗯嗯我還是非常有把握的。我答應接下寫劇本這個崗位，同一時間，也請LU姊同步尋找比我更合適的人來當導演。

該怎麼說，我非常樂意把導演這個位子讓出來的狀況呢？

要從「報告老師！怪怪怪怪物！」這個電影說起。

雖然這個電影作品我自己覺得有很多地方可以改進，但基本上還是太喜歡了，屬於「如果九把刀不拍，這部電影也不會誕生」的奇形特異種，我這麼喜歡的成果，票房卻不好，最後害所有投資人都賠錢，心理壓力真的很大啊！

所以囉，我自己是打算以後如果還有機會當導演，就拍一些小成本的製作，沒有回收壓力，心態放輕鬆地繼續做喜歡的事。如果……我是說如果啦！如果我手賤寫出了需要動用大預算才能搞定的劇本，那就請更厲害、沒有劈腿過的導演來拍，可以的話，讓小弟我一起參與選角就好，不要讓我害了整個團隊。

有看過小說《月老》的大家絕對跟我一樣了解，電影劇本依循小說的基礎，一定會有死後世界，有輪迴，有亡者審判，有主角阿綸在人間各個年齡階段的回憶，有各種神職大亂鬥，有最終結局的亂石崩雲盪氣迴腸，製作成本規模一定很巨大，不在我想自己當導演的範圍裡，即使我的臉皮夠厚，心臟也不夠大顆。

只是劇本大綱寫了又寫，翻了又翻，陪我生活了十四年歲月的阿魯就下班了，懷抱著對阿魯的思念，我哭著完成了月老的劇本初稿，真的就是……「學不會說再見，就期待再次相遇吧！」的心境。

由於劇本是眼淚一路滴滴滴滴到完稿的，修改了幾次，電影也在我心中拍了好幾次，為了阿魯，我內心深處真的非常想導，非常非常想跪下來好好拍。

僥倖的是，LU姊後來沒有再提過要找另一個誰誰誰當導演，懵懂無知天真無邪不諳世事的麻吉大哥Jeff，也一點都不覺得我當導演有什麼問題，只是每次見面都叫我不要再劈腿了真是有夠雞掰。

所以！所以！所以！

所以我就……厚著臉皮籌組了劇組，找了命中註定的攝影師阿賢，紅著耳根，跟新朋友與老夥伴一起把電影拍完了呵呵呵。

電影拍完了，但電影要跟大家見面前還是有很多不容易。

前幾天我去輔導金面試，其中一位評審好意詢問我，如何好好重新建立讀者跟我的關係，否則月老的成本如此大，票房的回收可能有危險。

我回答，我沒辦法這麼思考，經過這段飽受教訓的時間後，我認真覺得，對於我的讀者，我無法用維護公共關係的角度去安撫（我們也不是這種關係吧），那樣的出發點太畸形。

我說過人生就是不停的戰鬥，不斷被揍又站起來幾乎就是我最大的責任了，可站起來的方式，不是一直公開解釋我的感情選擇或追憶懺悔，這絕對不是經歷了這一切狼狽的我，想傳達給讀者的訊息。

而是，即使鼻青臉腫，還是非得把自己喜歡的人生繼續進行下去，繼續寫小說，繼續拍電影。

沒有人不在意別人的眼光，但別人的眼光永遠排不進人生最重要的前幾件事。

尤其當我的女兒出生後，我看著小小的她，真心希望她不要成為一個時時刻刻心心念念想著如何獲取關注與讚聲的人，把時間花在尋尋覓覓一件足以投注一生精力的的事，然後在那一個點上努力變強，活出一個真正屬於自己的人生。

結論——我跟評審說，我現在沒別的想法，就只剩下勇往直前而已。

我從一九九九年開始寫小說。大家看我的小說超過二十年，想想真的扯。

對一般觀眾來說，這大概就是又一部電影吧，但是對看了我二十年小說的老讀者而言，月老，意味著你們曾與我一起度過的青春……

國中老師上課上得太爛，只好在抽屜偷看小說。

高中老師上課太認真都不講笑話，只好偷看小說。

大學軍訓課不知道有什麼意義，只好看一下小說。

當兵站哨太無聊，只好用小說打發漫漫長夜。

現在，那個說過有些事一萬年也不會變的男人，好像一直變來變去。

唯獨那一道在愚人節劈在黑人牙膏頭上的閃電，沒有變……

正在整理改版新序的此刻，得知月老入圍了十一項金馬獎。最佳劇情片，最佳改編劇本，最佳男配角，最佳攝影，最佳視覺效果，最佳原創電影音樂，最佳原創電影歌曲，最佳音效，最佳美術設計，最佳造型設計，最佳動作設計。

與我一起成就電影的團隊，每個人都是業界最頂尖的最強者，說是台灣電影界的四皇七武海也不為過吧，承蒙這些強者給了我溫暖的幫助，讓月老誕生在無限感謝中。

為了專屬的驚喜，月老電影版的劇本，我就不在改版裡附上了。

邀請進電影院感受一下，一萬年不變的大雨吧！

九把刀

1

「有些事，一萬年也不會改變。」

我躺在地上。

此時，有兩個問題等待我去思考。

第一個問題，這世界為何開了我如此殘酷的玩笑？

第二個問題，小咪有事嗎？

我的時間也許所剩不多，所以，我馬上放棄第一個於事無補的問題。

我試著爬起來，手腳卻不聽使喚，只是微微抽搐。

雨點打在我的眼睛上，我卻連閉上眼睛的力氣都沒有，我想大聲呼喊，卻覺得呻吟比較適合。

但我實在掛心小咪。

就算我即將死了，也想再見小咪一面。

就算我即將死了，也不願小咪受到任何傷害。

滂沱雨聲漸漸凝結在耳邊，我的四周似乎靜了下來。

我感覺不到自己的呼吸，視線也陷入一片黑暗。

連雨點打在身上的倉皇感都靜絕了。

這是什麼徵兆？

我要死了嗎？

上天啊！求求你！再讓我見見小咪一面！

「阿綸！你醒醒啊！」急切的聲音。

□

我等待已久的聲音。

我的視線登時亮了起來，大概是傳說中的迴光返照吧？

小咪急說：「阿綸你會撐下去的！我立刻叫救護車！」

救護車？在這深山裡？

我看著滿臉驚恐的小咪，安慰道：「還好妳還沒答應我……要不然……要不然妳就虧大了……」

小咪摟著我大哭：「我答應！我答應！我答應！」

死前能聽到這句日夜期待的話，我感動地看著……看著……看著眼前這個與我無緣的妻子……

小咪緊緊擁著我，在大雨中。

也許，我該閉上眼睛了。

謝謝你。老天爺。

你讓我聽到此生最大的幸福。

再見了。

小咪。

我愛妳。

2

「石孝綸！」

我往前踏上一步，忿忿等候命運對我的發落。

我得解釋一下。

我生前不是個囉唆的人，死後也不是條拖泥帶水的鬼，說我是懶惰也好，總之我省略了許多說明：死後掉進黑暗的漩渦、眼前出現白光、跟著一堆跟我差不多時間死亡的鬼魂、被命運吸來陰曹地府的審判中心等等。

地獄不就是這麼一回事？跟我以前幻想的其實相去不遠。

不過地獄沒有長相兇惡的閻羅王——或許有，但我沒見到。

只有一塊巨大的石頭聳立在地獄的中心，上面寫著「命運」兩個血紅大字。

坦白說，我沒有上天堂，卻跑到地獄報到，一開始的確令我忿忿不平。

除了小時候順手牽羊外，我沒做過什麼壞事。說到孝順父母，在我十二歲那年爸媽就出車禍死了，所以沒什麼機會孝順他們。

總之，我對下地獄這件事感到很火大。

更對命運加諸我無情的捉弄感到非常不爽。

「我為什麼不能上天堂？」我看著命運大聲說道。

命運看著我，嘲笑道：「你做過什麼好事可以讓你上天堂去？」

「但我也沒做過什麼壞事啊！」我看著面無表情的命運。

雖然石頭不會有什麼表情，但我老覺得它一副幸災樂禍的屌樣。

「上天堂要做多少好事，你知道嗎？！」

一個身穿黑色官服的鬼魂踏上前大喝，丟給我一本厚厚的書，上面多半記載著上萬條龜毛的規定。

「好，就算我不夠格上天堂，但你為什麼要作弄我，讓我在求婚的時候被閃電打死！」我咆哮著。

我憤怒得理直氣壯，換作是任何人都會怨恨這麼白爛的死法。

我回想起大約十五分鐘前，命運帶給我的錯愕。

我在觀霧山林間淋著滂沱大雨，舉起祕密藏好的鮮花，興奮地向交往十年的女友求婚時，卻被一道烈焰般的閃電擊斃。

太漫畫了吧？

是誰都會抓狂的。

「那是你自己的命運，跟死神無關。」命運輕蔑地看著我：「再說，你臨死前的願望也實現了。你該知足了。」

我沉默了。

能再看到小咪一面，甚至得到小咪美麗的允諾，我知道——我該滿足了。

命運嘆了口氣，說：「輪迴路上本多波折，豈能事事順心，又何苦執著？」
我站在巨大的命運前，覺得委屈與無奈。
雖然我才二十六歲，但死都死了，難道還能復活不成？
我只好接受命運的無情，希望現在正為我哭泣的小咪，此生能有個好歸宿。
希望她一輩子記得我。

「去吧，去你該去的地方。」
命運說完，另一個身穿黑色官服的鬼魂領著我，帶我穿過層層架疊的大宅院，進入一間坐滿上千隻新鬼的大房間。
房間上寫著「1999 / 04 / 01」。
嗯，是我的死期，多半也是這幾千個鬼一起殞命的忌日。
……一起死在愚人節，算是緣分吧。
身旁的這些新鬼有些肚破腸流，有的抱著自己的腦袋，有的拎著斷掉的手腳，有的不甘冤死大呼復仇，卻無鬼理他。

但大多數的新鬼身形都尚稱完好，不是蒼老乾黃、就是頂著顆光頭，這大概跟癌症拚命維持十大死因榜首有關吧。

至於我，則帶著一身漆黑的焦皮。不好笑。

接下來的七天，我跟其他的新鬼坐在一起聆聽地獄講師的輪迴課程。內容不外是一些好心有好報、壞心必壞報之類的不中用鬼話。

不過另一名地獄講師的輪迴選擇課程就有趣多了，介紹許多除了立刻投胎之外的選擇。

人死了，乃至豬羊等萬物死了，除了上大和解的天堂之外，都必須到其信仰的主宰地報到，沒有信仰或是不幸信仰錯誤（簡單說，就是拜了幾十年的廟，卻發現廟裡根本就沒有神）的魂魄，就由其所死之地的最大宗教領去。

我死了，跑到中國式的地獄來，就必須接受輪迴這一套玩法。

想一想也好，總比天主教那些魂魄幸運，他們必須好好躺在地底下，等待上帝最後的審判來臨時才能出來透透氣。如果他們知道死後是如此的枯燥寂寥，生前一定會考慮其他的玩法。

地獄講師說，要是想投胎可以馬上跑去輪迴之門，喝碗忘卻前世記憶的孟婆湯就可以了，但不保證下輩子會跑到哪戶人家、哪個國家、變成哪種動物等等，命運是不可捉摸的，萬一你變成吃屎的糞蟲或是椰子樹，那也只能怪你前世不修。

為了求取下輩子更好的投胎機會，講師建議我們多讀點佛經再喝孟婆湯，帶點慈悲與慧根投胎總是有好無壞的，可以增加下輩子做好事或遇到好事的機緣。

上千隻鬼花了很多時間齊唸佛經，場面是很壯觀的。

我也跟著唸了幾個晝夜。

我想，多讀讀佛經或可幫我下輩子趨吉避凶，求婚的時候別再有意外。

3

講師也提到許多地獄的神職，令我感到濃厚的興趣。

「要是不急著投胎，那好，你們也可以挑一個神職做做，做得好就可以一直做下去，也可以積陰德，命運會讓你們將來投胎的機運好些。」講師不厭其煩。

「就像土地公那樣嗎？」一個只剩半顆腦袋的女人問道。

「土地公只是其中之一，還有像我一樣的講師、獄卒、孟婆、死神、月老、守護神、城隍護衛等等。但是醜話說在前頭，要是任神職，卻表現不佳的話，命運會使你們未來的輪迴之路多風多雨，比如要是投胎到亂糟糟的家庭，長大變成槍擊要犯的機會就會大些。」講師鄭重地說。

「當神職可以當多久？」一個抱著死嬰的可憐媽媽問。

我猜想，她是想與她出世未久的孩兒多相處一會。

「妳的孩子太小，不適合跟妳一起當神職，唸完經就要送去重新投胎。」講師看出那名母親的心思。

母親難過地低著頭，看著懷中血肉模糊的嬰兒掉淚。

「那我的資格讓給小孩吧！」我大聲說。

講師搖搖頭，說：「不適合就是不適合，抱歉。」

講師繼續授課的過程中，陸陸續續有幾個鬼被叫到名字，神色黯然地出去。

「他們都是一些惡貫滿盈的鬼，在輪迴投胎前沒資格擔任神職，得先去受一點你們都多多少少聽過的酷刑。」講師遺憾地看著他們的背影，說：「不是不報，時候未到。現在報了，死了又死，死了又再死，一定悔不當初。」

課程終於結束時，一個身穿黑衣的鬼官站出來說：「將來有心想服務人群的魂魄，請跟著我來。想早點投胎的，跟著我左手邊的孟婆走。給你們考慮一天。」

□

我坐在地上，看著身旁上千個愁眉苦臉的鬼，想著小咪。

不知道現在的她，是否哭紅了眼。

小咪是愛我的。我知道。

即使那是我拚命爭取來的。

□

在我小學三年級分班的第一天，我的位子被分配在一個短髮女孩的旁邊。

在她放下書包的那一刻，我就知道，身旁的女孩將是我此生的妻子。

你問我為何如此篤定？

不知道。

這跟泡妞的實力無關，我只是堅信，我這輩子別的可以不要，就只要這個女孩跟我在一起。

基於此，上天絕對會把這個女孩的幸福交給我，因為我的人生就只要她。

這個愛情觀成為我人生的主軸。

我跟同年齡的小三男孩不太一樣。我不喜歡玩「新電舊電」，不喜歡用泥沙球丟正在玩跳格子的女孩。

下課時我喜歡在座位上畫畫，畫機器人跟怪獸大戰。

坐在旁邊的女孩，小咪，有時就坐在我身旁看我表演紙上大戰，還會發表一些戰略上的意見。

「怪獸有三個，機器人只有一個，為什麼不多畫兩個機器人？」小咪看著空白數學簿上的塗鴉。

「機器人一個就可以打贏了。」我邊說，邊幫機器人的翅膀加了一管死光砲。

「才怪。」小咪不同意，拿著橡皮擦想把多出來的兩隻怪獸擦掉。

「不這樣畫，機器人怎麼會厲害？」我擋住她的橡皮擦。

「那你可以畫機器人快輸了，結果他的朋友出來救他。」小咪說。

「下課十分鐘根本不夠。」我敷衍著。

其實機器人就是我的投影，沒人可以阻止我那麼厲害。

「那你第二節下課二十分鐘再繼續畫下去啊？」小咪皺眉。

「第二節下課妳不是要去玩紅綠燈？」我把怪獸的牙齒擦掉，畫得更巨大。

「你畫第二個機器人，我就繼續看。」小咪的臉貼在桌上。

「好吧，那我畫妳出來救我吧！」我無可奈何。

「真的嗎？！」小咪顯得很開心。

從此，兩個友情堅固的機器人彼此互相支援，一直到國小畢業。

死在我倆手下的怪物不計其數，拯救宇宙的次數多得數不清。

4

「喂！別發呆啦！怎麼稱呼？」

一個頭上插著把菜刀的猛男突然蹲在我旁邊。

雖然這裡死人無數，但這種怪異的死法還是首見，我不禁笑了出來。

「別看我頭上這把菜刀，我是跟一堆流氓幹架，雙拳難敵十手，最後被一個痞子幹了一刀——幹你媽咧，害我英年早逝！」菜刀猛男摸著頭上的大菜刀，生氣地說。

「怎麼不是武士刀啊？」我忍住笑。

「我哪知道他們那麼沒品味，賽他媽的，害我死得這麼難看。」菜刀猛男看著我發噱：「那你自己呢？黑人啊？」

我看著自己焦臭的皮膚說：「我參加人體彩繪全身被塗黑時，心臟突然痲痹葛屁，應該是顏料有毒吧。」

菜刀猛男說：「不想說就算了，我看你是瓦斯爆炸死的。」

我回嘴道：「我看你是走在路上，被正在煮菜的大嬸從樓上不小心丟菜刀砸死的吧。」

菜刀猛男臉一紅，說：「幹，你怎麼知道？」

我哈哈大笑，說：「你以為你很倒楣啊？不必不好意思啦，我其實是被閃電劈死的，去，還是在我跟我女友求婚的緊要關頭時被雷打中的！」

菜刀猛男嚇了一跳，說：「說不定你是四月一號裡最倒楣的人，真不愧是愚人節。」

我點點頭，說：「還好當時我的女友沒跟我一起被雷打中，要不然我就不是被電死的，而是內疚死的。」

菜刀猛男疑問：「其實一起死掉更好吧？黃泉路上有個伴。你看我們現在不也好好的，不是等投胎，就是當神職。」

我搖搖頭。

不知怎地，我總覺得小咪還是活在世上，偶爾想想我、有空時為我掉一滴眼淚，那樣比較好。

因為，要是我們一起牽手投胎，下輩子有太多不一定，我寧願小咪花一輩子的時間記得我。

菜刀猛男看我神色黯然，轉個話題問道：「嘿！我很欣賞你！」

「怎麼說？」

「你剛剛願意把當神職的機會讓給那個嬰兒，很不容易啊！」

「還好吧，剛剛講師不是說了嗎？神職當不好的話，下場淒慘啊！」

菜刀猛男搔著頭，說：「大概是因為我很想當神職吧，所以我覺得把神職資格讓給別人很不容易。」

這時，一個穿著紅衣、單吊白眼、長舌半吐的長髮女人蹲爬到我們身邊，說：「我也想擔任神職。」

Shit！雖然我已經死了，不過差點還是大叫出來。

我瞧她是個上吊自殺的超級厲鬼，霹靂無敵超級恐怖的。

長髮女人悶悶地說：「我看過《地獄規範手冊》了，我是自殺死的，一百年內是不能投胎的，只能待在這裡一直唸佛經。不過要是擔任神職的話，就可以出去透透氣了。」

我實在不敢看她的單吊眼，只好側著臉安慰她說：「一百年也好，投胎後就是二十二世紀了，人間一定變得很炫，到時候一定滿街都是會飛的車，還有直達月球的宇宙捷運。」

菜刀猛男也附和道：「對呀，已經不錯了啦，我還以為自殺是永世不得超生咧。」

長髮女人拿著厚厚的《地獄規範手冊》，說：「你們一定沒好好看完。本來自殺真的是永世不得超生的，但近幾十年來人口太多，自殺的鬼也暴增，地獄管理上鬼力不足，所以才改成一百年禁止輪迴。」

我看著那本厚厚的《地獄規範手冊》，說：「那妳打算要當哪個神職？」

長髮女子「嘿嘿嘿」地奸笑著，笑得我焦掉的皮膚都快結痂了。

不只人怕鬼，我看，鬼也會怕鬼。

大約奸笑了五分鐘，我跟菜刀猛男都快死第二次了，長髮女人才幽幽地說：「我要當死神，我要他一塊一塊的死！」

還好我的臉已經黑掉了，不然她一定察覺我的大便臉。

菜刀猛男額頭上的菜刀看起來很沉重，他勉強說道：「過去的事就算了啦，命運會讓那個妳的仇人惡有惡報的。」

長髮女人搖搖頭，說：「他是個混蛋警察，不只騙走我所有的積蓄，還溺死我可憐的孩子，我去警察局揭發他，卻被他的同事扣押起來，誣賴我殺了我的孩子，我在看守所內還被他們用電刑玩樂，哈哈哈，我自殺果然是對的！我真的變成了厲鬼！我一定要當上死神，親自索他的命！」

這麼慘，那就沒話說了。

我跟菜刀猛男點點頭，氣憤說道：「對！連那群狐群狗黨的魂也一起勾了吧！」

長髮女人感激地說：「謝謝。你們呢？想當什麼神職？」

菜刀猛男說：「我想當月老。」

我問：「為什麼？」

菜刀猛男說：「因為我還不急著投胎啊！好不容易死了，變成大家都看不見的鬼魂好處可多著。當月老應該可以東奔西跑不受拘束，所以我想趁機偷看女人洗澡、看情侶打野砲，總之啊，當人當豬當狗機會多的是，何不趁當鬼的時候開心一點？」

的確。

我看過地獄神職規範的章節。拿土地公來說好了，當土地公有固定的轄區，管理的事也煩煩瑣瑣，好處是民間的信仰容易凝聚，可以靠香火增加陰德，累積投胎後下輩子的幸運。

另一方面，土地公在其轄區內的權柄是很巨大的，自己當小老闆，不必整天挨罵。不過萬一做不好，被龜藍趴火的民眾踢壞金身，那就前功盡棄。

其他的神職我就懶得詳述了，總之守護神必須跟在主人的身旁庇佑，城隍守衛就像當兵一樣數饅頭賺陰德，獄卒、孟婆跟講師之類的，則必須待在地獄服役。

一句話，都很不自由。

至於死神跟月老，算是神職中最自由自在的了。

人的死多半是命運使然，地獄規律完全管不著，也使不上力（命運真是奇妙啊）。而死神的任務，是按照地獄判官的命令，負責向特定對象索命追魂，有些是前世欠了命債，有些是惡貫滿盈，最多的情況是病人的死期需要死神確認加以勾魂。

但死神在任務空閒時，可以隨意亂逛，要是他看到被地獄判官忽略的惡人，可以依職權向判官通報，獲得許可後便能向惡人勾魂。

這一點，無疑受到許多等待復仇的厲鬼歡迎。

唯一要注意的是，萬一死神勾錯了魂，那可就慘了。

下輩子準備當頭食蟻獸還是蟑螂吧！

月老呢？

恐怕還比死神更自由些。

除了上頭交代一定要撮合的佳偶外，其他時間就可以自行判斷配對的方式，把手中配給的紅線用完就算交差了。

有職業危險嗎？

靠！當然有！

要是亂點鴛鴦譜，造就怨偶的比例高過佳偶的話，恭喜你！幸運的話，下輩子可以去衣索匹亞當難民；不幸的話，就準備當一隻意外擱淺在沙漠的鯨魚！

「你呢？黑人牙膏？還是去投胎？」菜刀猛男拍拍我燒焦的肩膀。

我想了想，說：「一樣，月老。」

菜刀猛男高興地說：「不錯啊！那我們一起當月老吧！」

長髮女人好奇地問：「為什麼你也想當月老？」

為什麼？

為什麼我想當月老？

我摸著燒爛的褲子中，一只絨布鑽戒盒。

「我想看看我的未婚妻。」

□

「妳家到底住哪啊？」

我跟拜把兄弟阿義蹲在校門口的椰子樹下，胸口繡著五年級四班。

「很遠啦！」小咪拉著她三年級的妹妹，無聊地踢石頭玩。

她們倆放學後，總是一起等她爸爸開車來接。

「洪小妹，妳家到底住哪裡？」我看著小咪的妹妹，一邊跟阿義玩大老二。

「我叫洪菁敏！不叫洪小妹！」洪小妹漲紅著臉大叫。

「我爸來了！」小咪眼睛一亮，拉著洪小妹走向一輛藍色汽車。

我趕忙把牌一丟，綁好鞋帶。

阿義把牌收一收，笑道：「我先去你家打電動喔。」

我看著汽車門關上，慢慢駛向街口的紅綠燈，趕緊飛奔追上，大叫：「你跟我媽說我晚點回家！」

後車窗擠滿兩張嘻嘻哈哈的笑臉，看著我從後面狂奔追上。

追上汽車？

是的，還好英明的政府架了許多紅綠燈。幸運的話，在紅燈發瘋的情況下，我可以卯起來跑兩公里。

幹！要不是我媽不買腳踏車給我，我早就追到小咪家了！

我不行了……今天又失敗了，只好看著後車窗上兩張擠眉弄眼的鬼臉，漸漸在我的劇烈心跳聲中遠去。

那時我才體會到，心儀的女孩越區就讀的話，對男孩的健康有何不良影響。

□

「她很幸福。」長髮女人安慰我說。

「黑人牙膏，你要親手為她綁上紅線？」菜刀猛男似笑非笑道。

「我不知道。只是想多看看她幾眼吧。」我懊喪地說。

5

一天的考慮期到了，我也將月老的職責看個清楚。

一個鬼官領著急著投胎的魂魄登上孟婆橋，另一個鬼官領著為數八十的魂魄進入神職殿。

「報告。四月一日忌日班，土地：20。守護：12。城隍兵：5。獄卒：2。講師：5。死神：20。月老：16。報告完畢。」鬼官喊完便離開了。

接著，我們便由不同的神職領員各自帶開。

分開時，我跟菜刀猛男向長髮女人做最後的揮手道別，祝福她復仇成功。

「將來再見！」長髮女人說。

神職領員帶著我們穿過炙熱的火焰森林，到了險峻的懸崖邊。

「踩著雲上去，就當爬樓梯。」領員說，踩著凌空的雲彩拾階而上。

我們跟了上去，只見火紅的地獄天空逐漸變成鵝黃。

再往上爬，又慢慢轉成淡藍色。

此時，天空出現異景。

一片邃藍的湖泊倒懸在我們頭上，巨大而美麗，奇異地滴水不落。

「進去吧。跟好。」領員一頭插進倒懸的巨湖。

我們也跟著穿入湖水，舒服地往上游。

鬼不需要呼吸，所以每隻鬼都悠然跟上領員。

往上游了約十分鐘便探出水面，領員說：「有信心一點，踩著水面站穩。」

信心當然有，雖然我才剛死不久，卻已知道鬼可以做出常人所不及的事。每個鬼都站得挺好。

不一會兒，一個穿著紫金色古袍的長鬚老人踩著上百隻喜鵲來到我們眼前，後面還跟著十幾個鬼魂。

老人慈祥地說：「大家好，我是掌管姻緣的大月老，各位往後辛苦了。」

我們恭恭敬敬地看著這位未來的頂頭上司，等待職務分配。

大月老摸著長髯，一副德高望重的高人樣，笑說：「月老是個需要持續用心、敏銳觀察的辛苦工作，你們這一班報名月老的人數多了些，但別擔心，這裡不會有考試篩選之類的名堂，每個人都是新生代的月老。」

隨隨便便說完，又踩著喜鵲離去，留下剛好十六個鬼魂。

神職領員說：「那你們各自配對吧。我先走了。」一頭又潛入湖中。

湖上剩下十六個新鬼，十六個老鬼。顯然是個學長學弟制。

我低頭細聲說：「菜刀猛男，我們恐怕不能在一組了。」

那十六個老鬼仔細打量著我們，似乎是在選秀。

「妳跟我。」一個老男鬼指著一個新女鬼，便帶著她潛入湖中。

「你跟我。」一個老女鬼拉著一個新男鬼，立刻跳到湖裡。

這時，一個臉上有兩道輪胎印的破相女鬼撿走了菜刀猛男。

猛男向我眨眼告別後，便隨著輪胎印女跳下水。

又被選走五人後，我不禁感嘆自己的死相太醜，落得乏人問津的窘狀。

「你。」一個女鬼突然指著我。

一個穿著碎花旗袍，眉清目秀的年輕女鬼。

這個女鬼毫無一點死態，樣貌甜美可人，真不知道我這非洲土人哪點吸引人家？

她說：「跟著。」便跳下水。

我趕緊滑入湖中，盯著女鬼的腳丫子往下潛、往下潛。

女鬼潛出倒懸的大湖，帶著我走下雲梯，經過懸崖、火焰森林。

許久，終於開口跟我說話。

「怎麼叫你比較好？在這裡我們都有一個不同於人間的名字，你自己想一個吧。」女鬼淡淡地說。

我想起菜刀猛男，便說：「叫我黑人牙膏吧，妳呢？」

女鬼說：「大家都叫我粉紅女，pink lady。」

我看著女鬼，發現她的皮膚是淡淡的粉紅色，很漂亮，只是有些奇怪。

「奇怪嗎？你剛剛來地獄沒多久，見過的死人還太少。你猜猜我是怎麼死的。」粉紅女轉了一圈，讓我檢視她身上的傷口。

我仔細瞧了一下，並沒發現什麼刀傷或割腕的痕跡。

「瓦斯。」粉紅女說。

對啊！我想起來了！瓦斯中毒的人，皮膚會呈現美麗的粉紅色。堪稱最美麗的死法。

我忍不住嘆道：「好可憐，年紀輕輕就不小心瓦斯中毒……」

粉紅女停下腳步，凝視著我：「我不是不小心中毒的，我是被謀殺的。」

我一愣，說：「對不起。」

粉紅女淺淺一笑，說：「對你個大頭，兇手又不是你，幹嘛道歉？」

我本以為粉紅女是個酷妹，現在看到她笑，我才放下心中的大石。

我實在不喜歡嚴肅的人——嗯，也不喜歡嚴肅的鬼。

走出火焰森林後，粉紅女選了塊七色大石坐下，示意我坐在她旁邊。

「介紹一下自己吧，你是怎麼死的？」粉紅女問。

「我在跟我女友求婚時，被一道該死的閃電打到。」

說的時候我特別認真，深怕粉紅女以為我在開玩笑。

「好慘，比我還可憐。」粉紅女一邊玩著旗袍邊上露出的絲頭，繼續道：「但至少你死前還有深愛你的人，而我卻是被我愛的人殺死。」

「那妳為什麼不參加死神團隊？」我疑惑道。

粉紅女從旗袍中拿出兩塊金色水晶，說：「以後你一定會知道的。喏，拿著，一塊是你的，一塊是我的。」

「好閃，這是什麼？」

「這是切破時空的寶石，好好保管不要弄丟了。被凡人拿到的話就慘了。」

我點點頭，接過其中一塊水晶。

粉紅女說：「走吧，地獄好無聊，我們到人間去，我向你介紹月老的職責和一些零零瑣瑣的事。」

說完，粉紅女舉起黃水晶輕輕憑空一劃，割出了一道裂縫。

應該是通往陰陽兩界的時空裂痕吧！

粉紅女牽著我，跨進久違的陽間。

6

「好久不見。」

我看著高樓大廈下熙熙攘攘的人群，心中無限感慨。

自己剛滿二十六歲不久、事業初上軌道、心愛的小咪答應我的求婚……

唉，我就這樣被一道閃過萬棵參天巨木，偏偏選中我劈下的雷電轟死。

這就是命運。

但我心中有點奇怪，不知道擔心著什麼。

「啊！現在不是白天嗎？」

我驚呼，發現自己正坐在太陽直射的高樓天台上。

粉紅女嫣然一笑：「黑人牙膏，只要你帶著這塊寶石，就是神的身分，神怎麼會怕陽光呢？」

我摸著褲帶上突起的水晶，心想：「真是寶貝。」

脂粉淡施的粉紅女跟我坐在這棟至少三十層高的大樓天台上，兩雙腳丫子踏空亂擺，坦白說，還真有點浪漫。

不過我很清楚只有我感到浪漫。

一個嬌美的妙齡女子坐在我身邊，但坐在她身邊的，卻不是一個帥哥，而是一個黑不隆咚的木炭。

不過我也不想花太多時間感傷，反正我生前就不是一個俊男。

粉紅女從懷中掏出一盒黑色的針線包，打開給我看。

裡面是意料中的數捲紅線。

「看到目標了嗎？誰啊？」我張望著腳下根本看不清楚的小面孔。

「還沒開工啦，只是先給你看一看我們以後的法寶。」粉紅女謹慎地將紅線收好，又說：「你都沒有問題要問嗎？不要怕我，我也只比你早一年當月老，算是最嫩的老手。」

我看過《地獄規範手冊》中月老的說明，但只能說是簡單扼要，對於詳細的狀況我的確不大明白。

我想了想，問道：「那我一年後，是不是也會變成老手？像妳一樣選一個新的拍檔？」

粉紅女呆了一下，說：「不一定，除非兩個人不和，非要拆夥不可，要不然可以一直合作下去。」

我笑問：「那妳跟之前的老手不和啊？一定是妳不要他吧？」

粉紅女臉一紅，吞吞吐吐地說：「……是他不要我啦！」

怪了，人怎麼死都不會太好看，地獄美女絕對是稀世之珍。

我暗暗吶喊，誰會拒絕跟這麼可愛的旗袍女郎搭檔？

粉紅女微低著頭，用大大無邪的眼睛看著我。

「你乖嗎？」她問。

啊？我乖嗎？

「不乖吧。」我堅強地說。

粉紅女嘟著嘴，半天不講話。

我不太明白粉紅女的意思，只是猜測她是否在試探我要好好跟她合作。

「我會好好跟妳合作的。」我看著粉紅女的腳丫子道。

「謝謝。綁紅線的工作必須由拍檔兩個人彼此同意才能進行，所以對愛情緣分的共識是很重要的。」粉紅女水汪汪的眼睛看著我說：「上一個帶我的老手總是為了牽紅線的事跟我吵架，你不會這樣吧？」

我想了想，說：「妳是老手啊，一開始應該是我聽妳的才是。不過以後我就不知道了，我恐怕也會有自己的想法……特別是，我會有我特別想去的地方。」

粉紅女點點頭，還算滿意地說：「大月老每隔一段時間就會交代我們絕對必須執行的任務，也就是為特定對象綁紅線。至於其他時間，我們只需要三天為兩個人綁上紅線配對就可以了。」

我哈哈：「三天才綁兩個，簡單啦！果然是輕鬆的肥差！」

粉紅女不置可否說：「大部分的時間都可以一邊玩樂一邊觀察男男女女，看看還沒綁上紅線的人們是否有合適的對象，調查一下彼此的興趣與個性等等，再決定要不要綁上紅線。」

我感到滿好玩的，說：「那我們去綁紅線吧！妳教我綁！」

粉紅女輕輕一笑，說：「黑人牙膏，那我們一起跳下去吧！」

從剛剛我就在思考鬼魂是否能飛行、穿牆行走等問題，一聽到粉紅女這麼說，我便興奮地拉著粉紅女躍下摩天大廈。

猴塞雷啊！比坐六福村的大怒神還過癮！

做鬼也有做鬼的好處！

跳下大樓，來到車水馬龍的十字街頭，我興奮地在路人的眼前做怪動作、吐舌頭、把屁股黏在小女孩的臉上。

啊哈！隱形人最厲害也不過就是這樣！

粉紅女拍拍我漆黑的額頭，笑罵：「黑人牙膏，你生前就是這副德行嗎？」

我摸著中年路人的大禿頭說：「哈哈哈，所以我說我不乖啊！」

粉紅女四處觀望，說：「你有沒有想鎖定的對象？」

我看著這中年禿頭，看見他身上並沒有綁著紅線，說：「這個光頭男看來也有四十歲了，怪可憐的，我們幫他找一個女人吧！」

粉紅女為難道：「好是好，可是幫這個男人找對象滿難的耶，萬一弄成怨偶就會耗損陰德……」

我咬著禿頭男的光頭，說：「我跟這賊禿也算有緣，就幫幫他吧！今天碰到我開張，算他好狗運。」

本以為粉紅女會拒絕我，卻見她爽快地說：「好，那我們跟著他，看看他的個性跟經濟狀況怎樣，再幫他找配對的人。」

於是，我跟粉紅女跟在這個穿著白襯衫、拎著小皮箱的中年男子後面，一邊聊天。

「為什麼需要我們這些鬼魂當月老啊？天上的神仙太少了嗎？」

我看著禿頭男子彎腰，將口袋的兩個十元硬幣放在趴在天橋乞食的老者旁。

你這賊禿還挺有愛心的嘛。

「其實就算沒有月老的存在，人們一樣會戀愛、結婚，不過彼此的對象是否真的適合自己，卻比較不穩固，將來引發的社會問題會使人間增加不幸。加上若沒有我們為他們牽線，男女之間的緣分就會銳減，人間的戀愛機率就會大大下降，不戀愛，結婚就少了，結婚少了，孩子就生得少了，人口就會加速老化速度，對整個社會造成很大的負擔。」粉紅女滔滔不絕。

我摸著下巴，說：「原來如此，我有些懂了，我們只是盡量幫人們做出客觀的擇偶選擇，這樣雙方都幸福的機會會比較大？」

粉紅女笑著說：「嗯，這也是月老拍檔為何必須是一男一女的關係。男女雙方的觀察角度各有不同，再加上討論與辯論，替凡人決定愛人才會面面俱到。」

面面俱到？

我不置可否。這個世界上哪有面面俱到的愛情？

我們看著禿頭男子走進一家藥局，於是也跟了進去。

禿頭男親切地跟藥局老闆打招呼後，便打開公事包，拿出幾份介紹新藥療效的資料，看樣子是個藥廠的銷售業務。

我說：「我想，是不是因為人間的人口爆炸，才需要這麼多鬼魂當月老幫忙，好維持人間婚姻的品質。」

粉紅女坐在藥櫥上，說：「對呀！婚姻品質會影響夫妻相處、子女的品格、子女教育程度、世代間財富的轉移、貧富差距等等，可說是社會最核心的問題，所以我們的工作很神聖，必須幫合適在一起的男女綁上相戀的機會。」

我看著禿頭男子跟老闆愉快地攀談，問道：「機會？」

粉紅女玩著旗袍邊上的線頭，說：「嗯，紅線只是巨大強化兩人緣分的工具，相戀與否還須看兩人真實互動決定，這對他們也比較公平，不是嗎？」

「唔……原來紅線不是百發百中的喔。」

「不過有一種情況比較特殊，若是月老對自己的配對很有信心，可以集中念力為兩人綁上紅線，如此可以急速增加兩人的緣分甚至情感，閃電結婚通常就是因為擁有月老信心的背書。」

我點點頭，說：「妳懂得真多。」

粉紅女淺淺笑道：「哪有，還不是之前的老手教我的，一代傳一代。」

禿頭男子跟藥局老闆介紹了兩款藥廠正在促銷的頭痛藥，藥局老闆拿著藥品簡介詢問進價與優惠。都是一些無聊的對話。

我敲著禿頭男子的後腦勺，超級無聊地說：「禿子，你再不出去，叫我跟粉紅女怎麼替你配對？」

粉紅女坐在高高的藥櫃上，俯瞰著我說：「其實這禿子說話還滿誠懇的，不知道為什麼還沒有對象？」

「有沒有辦法可以打開他的腦子，看看他以前的記憶還是經歷等等？」

粉紅女搖搖頭，說：「沒法子，只能靠我們觀察跟猜測。」

我吐吐舌：「所以也不能太偷懶囉。」

粉紅女點點頭：「配對的風險就在這裡，有時候看起來明明是一對佳偶，卻不小心把愛滋病患者配上健康的少女，這樣會耽誤到人家。看穿人的心思跟記憶，唉，只有上帝才辦得到吧。」

我好奇地問：「真的有上帝嗎？」

粉紅女歪著頭，說：「應該是有的，西方也有自己的神職體系啊，也許以後你就會遇到了。」

我們繼續聽老闆跟禿頭男子交涉，實在無聊之至。

這禿頭男子人雖善良，談吐也很老實，但實是欠缺詼諧的風采，難怪吸引不了女孩子。

正當我開始後悔挑錯對象開張之際，藥局的內門打開，走出一個年約三十出頭的女子，手中拿著一本雜誌，坐在藥局內廳的藤椅上。

禿頭男子看了女子一眼，嘴角隱藏不住笑意。

「挖靠，這賊禿暗戀人家很久啦？」我說，一邊走近正在看雜誌的女子。

那女子不是說很漂亮，卻有種成熟女人的風韻。

粉紅女在藥櫃上說：「就她囉？」

我嚇了一跳，說：「太快了吧？」

粉紅女從懷中掏出黑盒子丟下我，說：「你自己決定，不管怎樣我都贊成。」

我接住紅線盒，苦笑道：「那麼信任我？這可是跟妳的陰德有關啊！」

粉紅女天真無邪地說：「這沒什麼，只是我希望以後你也能信任我。」

我仔細看了看女子的身上，並沒有發現紅線。再看看藥局老闆的身上，卻有一條綁住中指的極細紅絲，可見這女子並不是老闆的妻子。或許是兄妹之類的關係吧。

這是我第一次當傳說中的月下老人，實在非常值得紀念，必須慎重點。

我說：「能不能花一晚時間觀察這個女的？」

這時，禿頭男子明顯聽不進老闆的話，說話逐漸亂七八糟，只是一直瞥眼偷看藤椅上的女子。

粉紅女點點頭，說：「好啊好啊，但你必須先用紅線綁住這禿頭的左手中指，萬一三天內我們再也找不到這禿頭就糟了。」

我驚問：「啊？那萬一我發現這個女的不合適他，不就要在三天內再找其他的女人？」

粉紅女哈哈大笑：「笨啦！那麼緊張！紅線能綁就能拆啊！不能拆？不會剪斷啊？」說完，便拋下一支拇指般大小的小剪刀，又說：「多情總被無情傷。這剪刀恰恰就叫無情刀，一剪，紅線就斷了。」

我嘖嘖：「酷耶！」

「無情刀可以在發現兩人不合適的時候，一刀將兩人的孽緣剪斷，也可以在找不到合適的對象時，將原先先綁上去的紅線剪掉。」

我接過無情刀，莞爾道：「原來分手也是月老的任務。」

粉紅女聳聳肩，說：「不見得啦，情侶自己也可以決定，我說過啦，紅線只是機會。無情刀最多是用在月老拍檔發現自己先前犯下大錯，為免陰德耗損，所以趕緊剪斷情絲。不過通常月老都懶得追蹤以前綁下的紅線，會這麼做都是因為偶然遇到以前的目標罷了。」

於是，我將紅線一頭綁在禿頭男子的左手中指上，另一頭則收在黑盒子裡。

我並不擔心紅線會被拉斷掉，因為俗話說：「有緣千里來相會。」所以照理說，掌管姻緣的紅線的延展性，應該可以環繞地球一圈。

一個小時後，禿頭男子隨便跟老闆打下訂單後，便戀戀不捨地走了。

我心想：「這賊禿心地善良，人又不虛華，喜歡的女人應該不賴才對。」

晚上，我跟粉紅女就坐在那女子旁，跟她一起看雜誌、看電視、看小說。

後來從她跟老闆的對話中得知，她果然是老闆的妹妹，因為剛剛跟男友分手不久，心情壞到谷底，整天恍恍惚惚沒有目標感。

雖然如此，不過我瞧她是個沒有大缺點的人。

既然賊禿喜歡，我也打算成人之美。

我說：「我要綁了？」

粉紅女點點頭，說：「快綁吧，我們換個地方，這裡好無聊。」

於是，我從黑盒子中拿出綁住禿頭那條紅線，仔細地將另一頭綁在女人的手指上。不過我沒動用所謂的念力，還是單純地將緣分丟給他倆，感情的部分，就靠他們的互動吧！

我滿意地說：「忘掉以前的不愉快，享受新的戀情吧！」

我的第一條紅線，就這樣大功告成了。

7

回到人間的第一個晚上，我跟一個地獄大美女坐在海堤上，看著鵝黃色的大月亮掛在天上。

我想著剛剛綁上的紅線，想到了自己。

我是個不被紅線祝福的人。

不被祝福，也被命運捉弄。

粉紅女看著默默無語的我，說：「心情不好？」

「嗯。」我看著大海。

□

國小畢業典禮那天，我沮喪地坐在禮堂裡，看著坐在我前面的小咪，等待一把眼淚一把鼻涕的典禮開始。

畢業沒什麼大不了。

真正讓天塌下來的，是我剛剛知道小咪以後又要越區就讀，去台中念明星私立中學的國中部。

真想海扁小咪的爸媽。

「你有辦法從彰化跑到台中嗎？」阿義糗著我。

「幹！」我罵道。

「可見你還不夠癡情。小小年紀果然不適合交女朋友。」阿義一針見血。

我心裡真的很幹，好不容易跟小咪變成好朋友，卻要在黃金的十二歲跟青梅竹馬的未來老婆分離。距離這麼遠、小咪這麼清純可愛、明星私立中學裡的男生又不是白癡，除了國中部還有高中部，我的親親老婆馬上就會被別人拐走……

「送給你，以後喝水就會想起我了。」

小咪回過頭，遞給我一個玻璃杯子。上面是大眼青蛙的圖案。
我強笑道：「喔，以後我就不用追著妳爸的車子跑了，可以早點回家。」
小咪哈哈笑：「畢業紀念冊裡就有我家的住址啦！」
我嘻皮笑臉地說：「以後就沒有我在後面追車了，妳會不會懷念？」
小咪扮了個鬼臉，說：「才不懷念。」
我假裝失望，其實內心更失望地說：「那機器人大戰呢？」
小咪吐舌頭說：「不懷念！」
我有點生氣了，說：「那妳等一下畢業典禮會不會哭？」
小咪身旁的死黨，思燕，立刻摟著小咪說：「小咪才不會哭！我跟小咪要一起去衛道中學念書，不會分開，幹嘛哭？」
小咪點點頭，嘻嘻笑道：「對呀！幹嘛哭？！」
我聳聳肩，一肚子苦澀。
幹。這就是我即將出牆的未來老婆。
此時，老師慌慌張張走到我身邊，急切地說：「孝綸，你叔叔要帶你去醫院，你東西拿著快走！」

我狐疑地看著禮堂門口，站著一個神色哀戚的男子，我叔叔。

老師摸著我的臉，鎮定地說：「你爸爸媽媽在趕來學校的路上，出車禍了！你快去醫院！」

我愣住了，阿義也愣住了。

小咪也愣住了。

老師眼中滿是淚水，卻緊握著我的肩膀，說：「孝綸，你是男孩子，你要勇敢！」

我害怕地發抖，顧不得在小咪面前必須保持的氣概，眼淚不爭氣地落下。

阿義緊張地說：「快走！我跟你去醫院！」

我舉臂一擦眼淚，跟阿義衝向在門口等我的叔叔。

這就是我的國小畢業典禮。

在典禮中，我不但失去最好的朋友，也失去我的父母。

後來聽阿肥說，小咪在典禮上哭得很傷心，很傷心。

□

我的眼淚流在防波堤上，原來，鬼也會哭。

粉紅女呆呆地看著我，說：「你是個好人。」

我點點頭，說：「我知道，因為老天爺讓我在死前聽到我未婚妻答應我的求婚。我一定是個積了百年陰德的好人。」

粉紅女嘆氣道：「我就沒你那麼幸運。」

我躺在海堤上，看著手中的紅線說：「洗耳恭聽。」

粉紅女娓娓說來一段可憐的故事。

8

粉紅女本來是一個婚姻暴力下的受害者。

為了逃避父親的虐待蹺家自立，從高職以後就在酒廊上班，自己賺錢生活。為了幫助家裡，粉紅女把所有的錢都省了下來。而不敢回家的她，只好將部分薪水匯到母親的祕密戶頭裡，以免不務正業的父親老是向討不到錢的母親出氣。

高職畢業後，粉紅女喜歡上一個偶爾到歡場同她說笑的男子，阿湯，兩人一下子就打得火熱，不到一星期就同居生活。阿湯對她挺好，也有份土地代書的穩定工作，讓粉紅女得到失落的安全感，也得到了甜美的愛情。

不幸，阿湯的家人瘋狂反對他倆的婚事，說是粉紅女出身風塵等等老套理由，總之，他們禁止阿湯繼續跟粉紅女交往，甚至揚言要用硫酸毀容粉紅女。

阿湯為此跟粉紅女吵了幾次激烈的大架，阿湯提出分手，但粉紅女不肯，哭哭啼啼地不肯放阿湯走，說什麼愛需要勇氣、只要耐心堅持將來一定可以得到祝福等等的話。

就在一個夜晚，當粉紅女梳理打扮好要去酒廊上班時，阿湯拿著束鮮花走進門，熱情地要粉紅女從今以後不要去上班，自己將要娶她，過正常的生活。

粉紅女開心得不得了，不僅答應阿湯，那晚更與阿湯連做了五次愛。

兩人筋疲力竭後，阿湯去洗澡，粉紅女便在床上沉沉睡去。

這一覺睡得很沉、很長。

睡到通體粉紅，墜入冥府。

□

粉紅女咬著淡紅的薄唇，說：「我跟城隍求證過，果然是阿湯趁我睡著時，將瓦斯打開，製造我為情自殺的假象。」

我聽了毛骨悚然，卻也為粉紅女大感憤怒。

「聽妳這麼描述，我更不懂妳為何不加入死神團隊了？」我說。

「你也覺得阿湯該受懲罰？」粉紅女看著我說。

「當然！死了也不為過！」我說。

「謝謝，我果然沒選錯人。」粉紅女欣慰地說。

聽她這麼說，我的心裡也有些譜了。

Well，有何不可？

「對了，鬼要睡覺嗎？」我好奇。

「不用。不過你可以把睡覺當興趣。」粉紅女說。

我遲疑了一下，說：「我想去看看我的未婚妻。」

粉紅女點點頭，說：「去吧，我在這裡等你。」

我正要開口，粉紅女又說：「去多久都沒關係，別掛著我。」

我感激地說：「那我走了。」

我揮別躺在海堤上看著月亮的粉紅女，搭上一陣吹向故鄉的南風。

9

小咪的窗戶是開的。

燈，也是亮的。

我站在陽台上的花盆裡，看著空無一人的臥房。

小咪去哪了？在客廳嗎？

一隻黃色的小貓抓著我的腳指甲。

我彎腰摸摸牠的鬍鬚，問道：「阿苦，你的主人呢？」

阿苦「喵喵」輕叫，趴在花盆裡。

我看了看牆上的掛鐘，現在已是子夜十二點半。

我坐在窗戶緣木上，等著。

門打開了，小咪端著杯熱牛奶踮步走進，反手帶上門。

「妳還是那麼漂亮。」我嘆道。

「匡啷！」

小咪看著我，手中的熱牛奶翻落，杯子摔成碎片。

我嚇了一跳，難道小咪看得見我？

小咪鼻子一酸，眼淚奪眶而出，走到我面前。

「怎麼又跑去陽台玩了……」

我看著小咪穿過我的身體，將陽台上玩耍的阿苦抱進臥房，放在凌亂的床上。

原來……是阿苦。

阿苦是去年我跟小咪在路上一起撿到的流浪貓，一隻長得很苦的貓。

小咪撫摸著阿苦的背，阿苦懶呼呼地蹺在床上，看著小咪翻開國中的畢業紀念冊。

我看著地板上的玻璃碎片和牛奶，嘆道：「妳以前很愛乾淨的，每次我挖鼻孔，妳就拿笛子打我。」

走下窗戶，我蹲在床緣。

小咪翻著國中畢業紀念冊，眼淚一滴滴落在我的照片上。

我趴在小咪身旁，緊緊摟著她。

「沒有妳，我國中就完蛋了。」我親吻著小咪的耳朵。

□

「妳不是跑去台中的衛道？」我吃驚地問。

「我不喜歡通車。」小咪穿著彰化國中土土的制服，一派輕鬆地說。

「才怪！」思燕一臉狗屎，捏著我說：「你害小咪求她爸爸讓她留在彰化，更害我也陪著小咪留在彰化國中，每天還要爬八卦山上學！」

小咪臉一沉，拉著思燕跑進福利社。

也許是她看見我的眼睛紅了吧，才省下一堆玩笑話逃開。

後來我才知道，雖然當時小咪並不是像男女之情那樣喜歡我，但是她放心不下父母剛去世的我，所以決定要……要幫我媽媽照顧我……

「這是你的便當。」小咪拿著便當盒，放在我的桌上。

「我有訂學校便當啊。」我說，但還是接下了小咪的便當。

「那個沒營養，我叫我媽媽每天多做一個便當，你一定要吃完，不然我就不理你。」

「真好，妳是不是愛上我了？」我趕緊把便當盒打開，果然菜色豐富。

「這個便當是我借你的，每天五十塊錢，一年就……一萬八千元，以後你長大了，就要還我錢。」小咪面不改色地說。

我笑笑說：「妳不覺得我們很有緣嗎？國小同班四年，國中又同班，月下老人一定……」我邊說邊把椅子拉到小咪對面，把便當放在小咪桌上，打算一起吃午餐。

「月下老人個大頭！」思燕也拿著便當，坐在小咪左邊。

我暗暗發誓，一定要繼續幫同班的阿義泡上思燕，好堵住這婆娘的廢話連篇。

有了小咪的國中生涯，讓我每天都有美味的便當吃。

更使我堅定地視她為上天派來的妻子。

□

「真的，一直以來都很受妳照顧。」

我摸著小咪烏黑的長髮，惋惜地說：「謝謝妳的便當。」

小咪看著畢業紀念冊上，我捧著便當跟她一起吃的合照，眼淚又掉了下來。

看得我好難過。

「黑人牙膏！」

我轉過頭，沒想到是分開不久的菜刀猛男。

菜刀猛男有些吃驚：「這個女孩子就是你的未婚妻？」

又看了看身邊的拍檔輪胎印女。

我心中一沉，說：「你們要替小咪牽紅線？」

菜刀猛男咬著牙，向身邊的輪胎印女說：「我們放棄這個女生好不好，拿無情刀把那個男人的紅線剪斷，重新再找一個女生，ＯＫ？」

輪胎印女看了我，又看了小咪一眼，心底多半有譜了。

輪胎印女說：「嗯。不過我要提醒你的朋友，這女孩子年紀輕輕，終究是要嫁人的。」

我看著神情憔悴的小咪，心中大慟，喊道：「等等！」

菜刀猛男本來拉著輪胎印女就要離開了，被我這麼一叫，又停了下來。

我叫住他們做什麼？

我自己都感到悲哀。

「那個男生是個好人嗎？」我黯然問道。

菜刀猛男默不作聲，輪胎印女則說：「二十八歲，是個台大博士班研究生，用功讀書，前途似錦的好男人。」

我緊握著小咪的手，思緒陷入遙遠的記憶裡。

我看著小咪的手指。

她原本該戴上我送的戒指。

「請把這個女孩子交付給他，謝謝。」我慢慢說道，放開小咪的手。

菜刀猛男難過地流下眼淚，拿出黑盒中的紅線，說：「你要親手為她綁上嗎？」

我哭了。

我要親手將我最愛的女孩，交給一個被月老祝福的男孩嗎？

我搖搖頭。

輪胎印女嘆口氣，接過紅線，仔細地綁住小咪的手指。

「小咪，再見了。」我痛哭失聲。

大概是心靈感應吧，小咪也突然號啕大哭。

我衝出窗戶，乘著悲傷的南風離去，仰天哭號。

一時之間，街上十幾隻狗高聲狂吠，留下一條孤孤單單的紅線。

還有孤孤單單的我。

10

當我回到海堤時，粉紅女正在跟駐防海岸線的土地公聊天。

那個土地公看起來很高興，肯定是攀談的粉紅女實在太漂亮了。

我沮喪地跳上海堤，說：「嗨！我回來了。」

土地公羨慕地看著我，說：「你真是好福氣，有個這麼漂亮的搭檔！」

我苦笑，點點頭：「不只漂亮，還很體貼。」

粉紅女嫣然一笑，拉著我跳下海堤，回頭道：「改天再跟你聊！我們要去約會了！」

說完，就與我跳上清晨趕路的砂石車，坐在石子堆中。

「看到你未婚妻了？」粉紅女拿著繡帕拭去我臉上的淚痕。

「另一組月老已經替她綁上紅線了。」我慘然道：「Shit！她已經不是我的未婚妻了，而是一個準備談戀愛迎接新人生的……別人的女孩。」

粉紅女嘆氣：「既然你們以前感情這麼好，為什麼沒有月老替你們綁上紅線？」

我全身浸在砂石堆中，說：「綁了又怎樣？我還不是死了。」

粉紅女搖搖頭，說：「要是你們綁上紅線，就一定會有姻緣牽絆，如此就能躲過死亡，因為死掉就沒有姻緣了。至少，你可以躲過結婚前的死亡。」

我恨恨道：「媽的，我真的不被祝福。」

粉紅女沉思了一會兒，說：「不過要說紅線可以逃避災禍，也不盡然，若是強大的命運使然，或是死神勾魂，使得繫上紅線的其中一人死亡的話，那麼姻緣就會以冥婚的方式進行。」

我抱著頭說：「過去的就過去吧！只要她以後結婚生子、幸福快樂之餘，能撥點時間想想我就好了。」

粉紅女輕輕為我按摩，不再言語。

過了很久，我忍不住問道：「我們要去哪裡？」

粉紅女臉上一陣尷尬，說：「你不是願意幫我嗎？」

我點點頭，說：「妳放心，我不是那種把陰德跟轉世看得很重的鬼，我相信正義多過相信命運，我願意拿著無情刀，剪斷所有綁著阿湯的紅線。」

粉紅女眼眶一紅，在我燒焦的額上一吻：「謝謝。不過希望不會用到無情刀，我們只要多多利用手中的紅線就可以了。」

喔……

原來是這麼回事。

我看著眼前剛剛獻吻的旗袍美女，哈哈大笑說：「我懂了，不如我們把他跟路邊的野狗綁上紅線，瘋狂惡整他。」

粉紅女忍不住咯咯嘻笑，說：「那還不如把他跟路邊的紅綠燈綁在一起，讓他變成一個瘋子。」

我接口道：「不如路邊的垃圾桶。」

粉紅女笑得花枝亂顫，窩在我懷裡，像隻樂透的小貓。

「你真的很善良，以前帶我出任務的老手總是不願理睬我的復仇，還跟我吵了好幾次。」粉紅女的聲音很柔軟。

「我不是善良，是無厘頭。」我任由粉紅女躺在我的胸膛。

「很高興認識你。」粉紅女說。

「彼此彼此。」我說。

我感到很溫暖。

真的，一種充分被信任的溫暖。

「黑人牙膏，該跳車囉！」

粉紅女拉著我，跳上旁邊正要左轉的計程車。

過了兩個街口，我們又跳下計程車，走到一棟高級公寓裡。

「他家。」粉紅女酷酷地說，帶著我飄上六樓。

這是個高雅舒適的地方，看得出來是有錢人家的擺設。

粉紅女帶我進入阿湯的臥房，看見一個半裸的女人正在梳妝台化妝。

而粉紅女口中的負心漢，則躺在床上抽菸，深情款款地看著女人。

粉紅女臉上一陣青一陣白，拿出紅線綁住正在化妝的女人，說：「我要你的女人通通跟別人跑。」

我在一旁認真地說：「妳真的不怕陰德敗壞？」

粉紅女堅定地說：「死神一直不勾阿湯的魂，城隍也不太理睬這個案子，我得不到安息，哪裡還想得到積陰德。你怕了？」

我立刻拿出一條紅線，纏住阿湯的手指，說：「怕個屁，我只是想做得絕一點，但又怕妳畏畏縮縮。」

粉紅女吃驚地說：「你真的……」

我仔細地在阿湯的手指上綁了個死結，說：「沒積陰德也沒什麼了不起，大不了下輩子變成一條大便。不過我們也別害了這女的，說不定她也很無辜。」

粉紅女激動地點點頭，說：「只要我們一直當月老，不去投胎的話，輪迴也沒什麼好怕的！」

我走到門口，說：「走吧，做個漂亮的結束。」

粉紅女突然緊緊抱住我，啜泣道：「謝謝！謝謝！」

我嘻皮笑臉地說：「其實我很乖的。」

這會是另一段愛情故事嗎？

我不知道。

不過我跟粉紅女倒是很熱衷替阿湯跟他的新女朋友，編織新的愛情故事。

兩個小時後，阿湯的新女友愛上了開紅色保時捷的多金帥哥。我們可沒虐待她。

不過，我們也沒忘了阿湯。

他讓我了解兩個月老的念力加起來有多厲害。

我跟粉紅女一起將紅線的另一頭，牢牢地綁在公園裡的蔣公銅像。

跟偉大的先總統蔣公談戀愛，相信將為阿湯的生命帶來嶄新的一頁。

「你們在搞笑嗎？不投胎啦！」

路過的另一對月老很詫異，其中一個頭斷了的男月老還嚇到頭又掉了一次。

我跟粉紅女笑倒在公園碧綠的草皮上，滾成一團。

11

接下來的三天，我跟粉紅女接到喜鵲傳來大月老的命令，幫一個每天只睡一個小時的女星，和一個水泥大亨牽上紅線。這件事令我著實興奮了好久。

牽紅線跟物色對象的過程其實很輕鬆，今天下午我跟粉紅女想看電影時，就跑去國賓電影院，隨機物色適合的曠男怨女，還可以一邊看電影。

今晚，我跟粉紅女為一個男大學重考生，與一個女政大研究生牽上紅線，希望他們可以互相鼓勵。

忙完後，我們坐在大安森林公園的大樹圓頂上，跟另一對月老玩撲克牌，梭哈。

那兩個月老都是大光頭，應該是癌症死亡的鬼。

「哇！你們去幫那個女星牽紅線啊？！好羨慕！」光頭甲。

「她皮膚真的很嫩很白，近看也很漂亮！」我嘖嘖說，又道：「再加五巴掌，跟不跟？」

「跟！」其他人說：「開牌！」

我大笑道：「把臉湊過來！」

四人把牌攤開。光頭甲一對，光頭乙順子，粉紅女無賴，我同花。

於是三人各自接了我二十三巴掌。

光頭乙無奈地把牌重洗一遍，說：「真是見鬼。」

粉紅女的臉被我印上紅紅辣辣的掌印，兀自生著悶氣，嚷著：「不玩了啦！玩了五場都是黑人牙膏贏。」

我陪笑道：「下次我打小力一點。」

粉紅女卻不搭理我，嘟著嘴跳下大樹。

「那我們有緣再玩吧！搞笑二人組。」光頭男女揮別了我，乘風而去。

我跳下大樹，忙跟粉紅女道歉。

「道什麼歉？」粉紅女白了我一眼。

我打哈哈說：「對不起啦，我下手重了點，不過玩遊戲就該認真一點才好玩嘛！」

粉紅女不理我，急速穿過公園，飛上馬路旁疾駛中的賓士。

我趕緊奮力跳上後面的小喜美，追著，追著……

□

「你又把腳踏車放在山下了？」

小咪背著書包，笑著說。

「沒法子啊，妳的死黨被阿義把走了，放學我不陪妳走下山，妳不就好可憐。」

我指著走在前面談天說笑的阿義跟思燕。

「你還是可以騎上山啊？牽著就行了。」小咪雖這麼說，臉上還是很高興。

「男生應該走外面，我又不習慣把腳踏車牽在左邊，所以乾脆把它放在山下，用跑的上學。」我說，心裡是非常得意的。

用跑的上八卦山，那可真不是蓋的。

誰叫彰化國中就蓋在八卦山上的大佛旁邊。

不過我不介意每天像瘋子一樣跑山趕上課，因為我相信，只要我願意灌溉青春汗水，我期待的愛情就會結實纍纍。

「牽在中間又怎麼樣？」小咪說。

「會擋住我們之間的紅線啊！說不定有一天我心情好，就會牽妳的手也不一定！要是被腳踏車擋著，就一定牽不到了。」我賊賊地說。

「白癡。」小咪用笛子重重敲了我腦瓜子一下。

「我一定會追到妳。」我認真地說。

非常認真。

□

「在想你的小咪？」耳邊傳來淡淡的聲音。

我回過神來。是粉紅女。

「看你呆呆的，連我跳過來都不知道。」

粉紅女細緻的雙手搭上我的肩膀，軟綿綿地替我按摩。

「妳為什麼這麼會按摩啊？」我問。

「那還用說，我以前也在理容院待過，按摩的功夫自然磨成了精啦！」粉紅女笑道，體香夾雜著淡淡的瓦斯味。

我微微笑，說：「好舒服。對不起，剛剛打得妳發火。」

粉紅女搖搖頭，說：「再多告訴我一些有關小咪跟你的事，好不好？」

我想了想，說：「我國中的成績很不好，一方面是貪玩，一方面是父母剛死，不好意思向領養我的叔叔拿錢補習。總之，成績很差。」

粉紅女笑道：「我的成績更差。」

我看著車窗外，說：「直到國三下學期，小咪怕我考不上好學校，於是叫我每天晚上到她家，她一題一題教我，一章一章解說給我聽，才使我的功課突飛猛進，模擬考從全校四百八十六名，狂飆到全校二十一名，大家都把我當天才看。」

我繼續說道：「聯考那天，小咪在進考場前跟我說：『跟著我，不要走散了。』我笑著答應了，因為我們約好要一起念彰中、彰女。」

粉紅女問道：「那結果呢？」

「很戲劇性的，小咪第二天最後一科考試，因為急性腸胃炎放棄考試中途出場，所以沒考上彰女，分數只能念彰化的私立高中；至於我，幸運地考了高分，進彰中一點也沒問題。」我說。

「所以？」

「所以我辦了就學貸款，填了精誠高中，也就是小咪念的私立高中當第一志願，這舉動讓小咪又氣又感動。我說過，愛情是要付出代價的，老天爺只安排了遇見小咪的巧合，卻不負責幫我追，所以我只好辛苦點。」我看著肩上粉紅的雙手，說：「但到了高二，我卻差一點死了。」

粉紅女疑道：「嗯？」

我苦笑說：「小咪被高三的學長追走了。」

□

「對不起。」女孩子。

「不用對不起，妳從未應允過我什麼。」男孩子。

「對不起。」女孩子哭了。

「不用對不起，有些事，一開始就已經決定好了，努力是沒有用的。」

男孩子強忍著，不讓眼淚掉下。

「對不起。」女孩子將臉埋在雙掌裡。

「不用對不起，不過妳要明白，有些事，是一萬年也不會改變的。」男孩子堅定地說：「我永遠都在等妳當我的新娘子。」

□

粉紅女的眼淚滴在我的肩上。

「一個高中生承受打擊的極限在哪裡？當我的新娘子提前離開我時，我突然知道這個問題的答案。」我看著肩上的眼淚，笑道：「真的，有些事真的很嘔，我費盡心思追了八年的女孩子，卻被莫名其妙的高三帥哥在一星期內追走，害我當時變得很宿命論。愛情不是努力可以得到的，再努力，再喜歡，也敵不過幹你娘的姻緣簿，敵不過命運，敵不過我們現在的工作。」

粉紅女拉著我，飛出車窗外。

「再去看看小咪吧。」粉紅女說，我陷入迷惘。

去看一個別人的新娘子？

「這陣風很強，我們一個半小時就可以到彰化了。」粉紅女說。

我繼續迷惘著。

如果小咪不是我命中的新娘子，那麼，我跟小咪究竟是什麼關係？

單純的好朋友？

所有的親密關係，一切的甜美回憶，在我死後，竟全都歸零。

我看著身旁御風飛行的粉紅女，說：「月老的工作到底對不對？努力真的抵擋不了緣分？」

粉紅女沒有回答，只是將頭靠在我的肩上。

□

小咪的窗口依舊開著，燈，也依舊亮著。

我跟粉紅女微微吃了一驚，因為菜刀猛男跟輪胎印女正坐在窗戶的花盆上。

「我就知道你遲早會來。」菜刀猛男說。

「粉紅女，好久不見，聽說你們現在被稱作搞笑二人組。」輪胎印女似乎跟粉紅女是舊識。

我黯然點頭示意，飄進了小咪的房間，看著小咪清瘦的背影。

小咪正坐在書桌上，整理著一桌子的照片，看起來很開心。

我嘆了一口氣，說：「Shit！有了新男友，這麼快就學會笑了。」

我話一說完，小咪身體顫抖了一下，竟哭了起來。

「好好的，幹嘛哭？」我從後面摟住小咪，看著桌上的照片。

全都是我國高中以來的照片。

□

高中畢業前夕，我用油漆在學校網球場牆上，寫下「嫁給我！」的宣言照。

這張照片價值連城，足以讓我退學。

八卦山上，我跟阿義蹲在小咪跟思燕的前面，裝出小狗在主人腳上撒尿的搞笑照。

高一時，小咪生日，我徵召二十個忠心耿耿的僕人，舉起寫著「Marry me」

的紅布條站在司令台的照片。這個舉動讓我們全都記了支警告。

高三時，我跟小咪晚上一起留在學校念書的合照。旁邊還有一個火鍋。

□

「你們以前真好。」粉紅女走了過來，看著桌上的照片。

我點點頭。

我也只能點點頭。

「怪事。」菜刀猛男坐在花盆上說：「雖然我是新手，但也猜得出這種事不常見。」

「我是十年老手，也沒看過這種事。」輪胎印女托著腮說。

「什麼事？」我問。

菜刀猛男指著小咪，說：「你看看她的手指。」

我低頭一看，尋找那條殘忍的紅線。

沒有。

我蹲下來仔細找，的確，沒有紅線的蹤影。

粉紅女淡淡地說：「這也沒什麼，紅線會因為兩個人實際相處後的觀感，決定是否要繼續緣分，要是小咪不喜歡你們幫她配的對象，她的感情便會像無情刀那樣剪斷身上的紅線。這是月老的常識。」

輪胎印女「哼」了一聲，說：「第一，小咪根本沒有見到那個博士生，紅線就消失了；第二，紅線不是被剪斷的，而是被燒斷的。」

粉紅女疑道：「燒斷的？妳怎麼知道？」

菜刀猛男拿起盒中的紅線，走到小咪身旁，說：「不只如此，還有更奇怪的怪事。」

說著，菜刀猛男將一條全新的紅線綁在小咪的手指上，然後蹲在一旁。

「這是條還沒選定男方的紅線，只是先繫在小咪的手指上。」輪胎印女說。

此時，小咪手指上的紅線突然泛黑冒煙，接著竟自行燒了起來！

「怪事。」粉紅女愣住了。

竟然有點高興。

我呢？

「一定是小咪太愛我了，還無法接受新的感情。」我跳上小咪的桌子，開心地說。

我蹲在照片上，看著正在拭淚的小咪。

小咪的嘴角，似乎泛著一抹笑意。

我親吻小咪的鼻子，說：「怎樣？看到我的搞笑照片，覺得回憶很甜美吧？是不是有點後悔當初沒有早點答應我的求婚啊？」

「真的是怪事。」輪胎印女說：「如果不能接受我們替她選定的戀情，紅線會斷掉是正常的，但要是連對象都不接觸就使紅線毀掉，就很奇怪；還有，我是第一次看見紅線燒起來。」

粉紅女也說：「你們試了幾次？」

菜刀猛男說：「加上剛剛那次，六次，其中有四次動用了念力。」

我沒理會他們的對話，只顧著親吻小咪臉上每個地方。

輪胎印女看我發神經似的開心，居然說：「黑人牙膏，你不怕小咪將來出家嗎？」

我呆了一下，說：「妳胡說什麼？」

粉紅女卻若有所思地說：「有可能，這種現象說不定是小咪斬斷七情六慾的前兆，所以紅線一碰到她就燒。」

我怔怔看著粉紅女，說：「那該怎麼辦？」

粉紅女說：「出家也沒什麼不好，多敲敲木魚，多唸幾部經，你也知道的，這對輪迴有益無害，不，還很有好處。」

我坐在照片上，看著小咪。

出家？

「不行。」我斷然否決。

「喂，這對你也好，這樣就不必看著她嫁給別人啦！」菜刀猛男不以為然。

我慢慢地說：「小咪需要的，不是佛珠跟唸經，而是一個愛她的人，一個愛她愛得要命，非她不娶的人。」

邊說著，我邊捧著小咪的臉，心疼說：「對不對？」

小咪閉上眼睛，鼻涕跟眼淚牽著手，一起流了下來。

「OK，我會把這件怪事報告給大月老，看看祂老人家怎麼處理。」輪胎印女說。

我捏著小咪的臉皮，說：「整天亂哭一通，醜死了，趕快交一個男朋友吧，不要跑去深山當尼姑。人生還那麼長，七老八十想出家再出家，現在啊……我可不同意。」

輪胎印女跟菜刀猛男看我發癡，相顧一笑，便飛走了。

至於粉紅女，則偷偷躲在窗戶緣木上坐下，背對著我。

我拿起褲袋裡燒爛的鑽戒盒，打開，拿出閃閃發光的戒指。

「祝妳找到幸福，不，願幸福找到妳；這枚屬於妳我的鑽戒，我來不及為妳套上，現在，我再問妳一次……」我慎重地跪在地上，用最溫柔的語氣：「小咪，我在這宇宙最愛的人，妳願意嫁給，一直想娶妳的我嗎？」

戒指閃閃發光。

小咪緊緊抓著照片，將照片幾乎撕裂，心神激盪。

「再不說話就是默認囉？」我笑著，把戒指套在小咪的左手中指上。

終於，我為此生摯愛戴上了戒指。

終於。

□

「再見。」我跳下桌子，說：「不要傻呼呼地出家啊！」

粉紅女回頭看著我，臉上都是新鮮的熱淚。

「妳也很愛哭。」

我笑著，拉著粉紅女飄出思念的角落。

12

麥當勞，涼爽的冷氣。

我舔著倒楣小孩手中的蛋捲冰淇淋，說：「以前我大學時，聽說在英國有個怪人宣稱自己跟一頭母牛相戀，想在農場跟那頭無辜的母牛結婚，這是怎麼一回事？這是命運的偶然，還是月老的惡作劇？」

粉紅女哈哈大笑，說：「那件事很有名！前輩一代傳著一代流傳下來，在月老界是個經典笑話。」

我嘻嘻笑：「快別這麼說，昨天我們去探望阿湯，他不是當著上百人面前猛親蔣公銅像嗎？這以後也會是月老界的笑談。」

粉紅女喝著小孩的可樂，說：「不過呀，母牛那案子可不是月老做的，是邱比特的惡作劇。」

我見怪不怪，說：「喔，西方的神職體系。」

粉紅女點點頭，說：「我們下午再去看電影好不好？順便找個好男人配對早上看到的上班女郎。」

我點點頭，說：「去哪看？我對高雄的戲院不太了解。」

粉紅女說：「不必擔心，問問土地公哪家戲院設備最好就行了。」

我感嘆：「我們周遊台灣，倒也愜意啊。」死前哪想像得到這種生活。

粉紅女調皮地趴在桌上，挽著我的手：「有機會我們渡海去澎湖玩吧？」

我遲疑了一下，說：「鬼可以浮潛嗎？」

粉紅女笑著說：「不知道。」

我舔著冰淇淋，說：「過些日子吧，我想等小咪心有所屬了，我才放心。我想每隔兩天就去看看小咪，要是我們跑去澎湖，風向不一定都順，來回時間就會很趕了。」

粉紅女哀怨地說：「唉，我好可憐，以前我在世時，每個男人都處心積慮地想帶我出場，有的還願意花三十萬包我出國玩一星期，沒想到死了以後，居然身價暴跌……」

我哈哈一笑，說：「走吧，問土地爺爺去。」

□

這區域的土地公正在海之冰屋裡面，跟六個月老聊天。

「嗨！」我跟粉紅女打了招呼，拉把椅子坐下。

桌上堆著臉盆大的剉冰，寒氣逼鬼。

「粉紅色的美女，加上一塊燒焦的木炭，哇！我們遇到搞笑二人組了！」一個拿著自己斷腿當火腿啃的傢伙說道。

「嘻嘻。」粉紅女似乎很高興，牽著我的手。

「在聊什麼？要玩牌嗎？梭哈還是大老二？」我說，將撲克牌放在桌上。

土地公是一個老婆婆，說：「你們來得正好，他們剛剛告訴我一件匪夷所思的怪事，在月老界漸漸流傳開來的怪事。」

粉紅女幫我捶背，問：「什麼怪事？」

一個嚼著檳榔，臉上躺著五道觸目驚心刀疤的月老說：「俺聽剛剛南下的月老提起，中部有一個女孩子，一連綁上二十八條紅線都沒法子配對，聽說還把紅線燒掉了，真是活見鬼啦！」

我大驚，說：「這女孩是不是住彰化？」

刀疤男說：「好像是。」

粉紅女疑道：「怎麼會是二十八條紅線這麼多？」

一個眉心插著一顆子彈、血漬在臉上劃了兩條線的女人說：「本來聽說是燒掉六條，不過後來又有好奇的月老親自跑去穿紅線，看看紅線是怎麼被燒掉的。」

一個沒有喉嚨的女孩子幽幽說：「聽說其中還有不少條紅線動用了念力。」

刀疤男接著說：「俺等會也要北上看看，看那女孩子是怎麼一回事……也許俺也會綁條紅線看看！」

眉心子彈女說：「據說這件事已經呈報給大月老了，祂老人家也不曉得是怎麼回事，還委託彰化分區的城隍調查。初步已經排除是女孩子想出家的原因，因為出家人也會被紅線惡整。」

我喃喃說道：「連大月老也不知道？幾千年來都沒有紅線被燒掉嗎？」

一個資深的斷腿月老說：「大月老以前跟我泡茶時提到過，月老的歷史上只出現過九次這樣的情形，每一次都是淒涼的愛情故事。」

土地老婆婆唔了聲，說：「就像梁祝那樣吧？」

斷腿月老點頭說：「嗯，都是歷史上赫赫有名的愛情故事。」

我呆呆地看著桌上的海之冰，說：「粉紅女，我們去彰化好不好？」

粉紅女點點頭，牽著我跳上路過的狂風。

「再見！搞笑的！」七個鬼大叫。

這道狂風好急，就跟我的心一樣。

「你怎麼追回小咪的？」粉紅女輕輕靠在我的肩上，說：「我想聽聽你的愛情，補足我所失去的。」

「如果我的故事可以補足妳的苦……」我看著身旁的旗袍美女，說：「那我全都說給妳聽。」

13

基本上，我討厭挨槍。

那是基本上。

有些情況，我不反對吃子彈。

甚至還熱烈歡迎。

「砰！」

人群散開，伴隨著尖叫與鮮血。

我倒地，看著趴在一旁的小咪，雙手仍緊緊抱著她。

我實在喜歡這雙充滿關切與驚慌的眼睛，在這麼近的距離注視著自己。

平日中槍的機會太低，而這顆子彈來得正是時候。

十五秒前，銀行搶匪跨上機車揚長而去前，竟對著玻璃大門開了一槍。

我趕忙抱著小咪倒下。

但速度哪有子彈快，我的肩上似乎流著鮮血。

如果上天曾經幫過我，恐怕就是賞我這顆子彈吧？

□

粉紅女撥開我的袖子，凝視著肩上的傷疤，感嘆道：「每個男人都吹噓願意為了愛人而死，你這笨蛋倒真的做到了。」

我笑著說：「這是信念。」

粉紅女奇道：「信念？」

我說道：「信念。我認定小咪是我的妻子，在她嫁給我之前，我們是不會死的。」

粉紅女說：「你的愛情觀好自我。」

好自我？我瞧是自以為是。

粉紅女幽幽地說：「也好感人。」

我繼續說道：「總之，我在醫院躺了一個星期後，就必須挺著沒力的右手上聯考戰場，寫的速度慢，加上腦子還昏昏的，所以只考上了私立的東海。」

粉紅女很快就接口：「我猜猜，小咪也填了東海？」

我得意地說：「沒錯，只是中了一顆子彈，就能贏得美人心，實在應該常常中槍。小咪被我的真情感動，於是放棄去台大跟學長相會，和我一起念了東海。」

粉紅女偷偷拭淚，說：「聽你說了這麼多，我心裡突然揪了一下。」

我扮個鬼臉，說：「說不定，妳已經愛上我了。」

粉紅女捶了我一下，嗔道：「我是感嘆自己都沒遇到好男人，他們都是純種的色狼，一看到女人就想上床，一下了床，就連名字都會叫錯！」

我看著難過的粉紅女，說：「別難過啦，別忘了有個色狼正抱著蔣公銅像猛親咧！」

粉紅女哽咽地說：「那後來呢？你們在大學成為男女朋友了？」

我紅著臉，不……應該看不出來。

這個問題好糗，我難為情地說：「Shit！小咪只是跟我念了同一所大學，卻不當我的女朋友，害我莫名其妙又追了她四年，跟她一起念書、打工、同一個社團、出同樣的營隊、同一堆朋友。總之，她就是不給我追到。」

粉紅女也搞不懂，說：「她好變態。」

「我當時也覺得，所以在我畢業前夕終於狠下心來，交了一個大一學妹當女友。」

粉紅女吃吃笑開：「你的信念呢？」

我深深地說：「永遠如一。」

「不是吧？據我的了解，這是荷爾蒙的關係吧！」粉紅女親著我的脖子，說：「黑人牙膏，你上了你學妹對不對？對不對對不對？」

我發窘：「是荷爾蒙沒錯，但我的小雞雞很乖，沒上我學妹。」

粉紅女感覺狂風驟弱，於是牽著我跳上另一陣勁風。

我繼續說著生前的故事。

14

東海大學畢業典禮，大草皮。

數百個人圍觀一場鬧劇。

「你去死去死啦！我以後都不要見到你！」女孩大哭，推開男孩的照相機。

「應該說這句話的人是我吧！」男孩摟著另一個女孩，怒吼。

「你怎麼可以丟下我一個人……機器人大戰、為我念精誠、陪我念書、拉著我蹺課看電影、為我……為我擋子彈……嗚……都是騙人的！」女孩把鮮花摔在地上，號啕大哭。

「我的努力一直都沒用！都沒用！我追妳那麼久妳都不肯跟我在一起，別人一牽妳，妳就跟人家跑了！我算什麼！上個月妳網友說要追妳，妳竟然說要好好考慮一下？幹！我比不上一個妳從未看過的男人嗎？」男孩把相機丟在地上，憤怒地咆哮。

「嗚～～」女孩蹲在地上，氣得大哭大鬧。

男孩從未見過女孩子這麼胡鬧，氣竟消了一半。

「對不起。」男孩子嘆口氣說。

「不要跟我說對不起！」女孩咬著嘴唇，看著草地上的小野菊。

「對不起，我真的追不到妳。」男孩子轉身，就要走。

就要走。

就要走出女孩子的生命。

「不要走！」女孩大叫。

男孩不明白，但停了下來。

「我……我不是不當你的女朋友……我只是要你一直追我！」女孩眼睛潤著

淚水，大聲說：「我只是很喜歡很喜歡你追我的感覺……嗚……我好怕你跟我在一起以後，就突然不要我了嘛……嗚……」

女孩一直哭，男孩也一直哭。

圍觀的數百人，也一起哭。

「不要丟下我一個人啦……嗚……你知不知道這年頭要找到一個真正願意幫我擋子彈的人，有多……嗚……有多困難……」女孩抽抽噎噎，鼻涕跟眼淚攪和在一起。

男孩身旁的女友掙脫了男孩的手，淡淡一笑：「你們才是最登對的，再不走，我要被大家用石頭砸扁了。」

男孩歉然說：「對不起。」看著沒交幾天的女友摀著臉跑出人群。

轉頭。

男孩看著摯愛的女孩兒哭花的小臉，覺得這張臉真是人間最美的景色。

「看這裡。」男孩撿起草地上的照相機，對準女孩。

「走開啦！」女孩摀著臉，不讓男孩拍照。

「我搞不懂，一下要我滾，一下子說我走了妳會死掉，一下子又叫我走開。」男孩笑著，把臉上的眼淚都笑落了。

「我哪有說我會死掉！」女孩抽抽噎噎地笑了。

「嫁給我！」男孩大叫。

「不要！」女孩也大叫。

「至少當我的女朋友吧！我連妳的手都沒牽過！」男孩嘶吼著。

女孩別過臉，但隱藏不住淚水中幸福的笑意。

「答應他吧！」一個穿著畢業服的長髮女孩擦著眼淚道。

「答應他吧，讓我在畢業前留下一個難忘的美好回憶啊！」

一個拿著籃球，畢業服亂穿的男生大叫。

「答應他吧！我今天中午不吃飯啦，不……我連晚餐也不吃啦！」

「答應他吧！不然小姐我就把他領走啦！」

「答應他吧！我尿急快撐不下去啦，別讓我錯過經典的畫面啊！」

「答應他吧！我一個大男人都快哭了！」

「答應他吧！」「答應他吧！」「答應他吧！」「答應他吧！」

「答應他吧！」「答應他吧！」「答應他吧！」「答應他吧！」

「答應他吧！」「答應他吧！」「答應他吧！」「答應他吧！」

男孩拿著相機，賊兮兮地等待他期待的瞬間。

女孩擦掉眼淚，說出男孩子期待十四年的咒語。

「女朋友就女朋友。」

「喀嚓！」

□

說著說著，我跟粉紅女飄到了小咪家的上空。

「看來小咪變成了月老傳奇。」粉紅女嘖嘖稱奇道。

「可不是？那是我擋子彈換來的。」我看著腳下上百名月老。

是的，大約五百多名好奇的月老聚集在小咪窗外竊竊討論。

細數，還有三十幾名死神偷閒跑來聚會，外帶八個翹頭湊熱鬧的土地。

鬼容之盛大前所未見，嚇得二十條街以內的狗狗夾著尾巴不敢作聲。

「又燒起來啦！居然一次燒掉十條！」

小咪房裡傳來一陣驚呼，衝出十對興奮的月老。

其中一個大鬍子喊道：「紀錄推向四百二十一條！這次一次燒十條啊！每一條都有念力啊！」

這一喊，迅速洶湧成五百多鬼沸騰的大吼大叫。

不知怎地，我一點也高興不起來。

心底隱隱生疼，驕傲與高興全都被吼叫聲淹沒了。

「進去吧。」

粉紅女拉著我，滑進小咪的窗口。

15

小咪剛洗完澡，正坐在書桌上吹頭髮。

我坐在桌子上，苦笑道：「小咪，妳那麼愛我啊？真想不到。」

小咪當然沒有說話，但是眼淚卻流了下來。

「真神奇，你們大概有心電感應吧。」菜刀猛男坐在窗口上，難以置信地說：「這是小咪今天第一次哭。」

我低頭吻著小咪，看著她手指上的戒指。

這個戒指當然不是實體，卻牢牢地鑲住小咪的中指。

我看著這個意義非凡的戒指，說：「妳知不知道，當我死之前，能聽到妳答應我的求婚，我有多麼高興，所以，我不是被雷打死的，而是高興死的。」

粉紅女站在一旁，看著桌上的照片。

那是捕捉小咪答應當我女朋友瞬間的畫面。

十幾名月老擠進房間，窗戶也擠滿了鬼臉，個個竊竊私語著我。

我貼著小咪的臉，感到吹風機的蒸蒸熱氣，說：「我是高興死了，所以妳還是放下我吧，跟妳在一起的日子是我最快樂的時光，妳並沒有虧欠我什麼。要是有，還記得我欠妳六千多個便當嗎？早就抵光光了。」

小咪緊緊握著吹風機，一動不動，任熱風將頭髮吹得焦燙。

我看著小咪那雙快被淚水淹死的眼睛，說：「放下我吧，試著接受新的感情，不要再堅持一個願意幫妳擋子彈的傻瓜了。街上還有很多好男人，雖然不見得願意替妳挨子彈，卻仍欣然為妳遮風擋雨，樂意跟妳共度白頭。我這就吩咐下去，叫全台灣的上萬月老替妳徵婚，讓妳一輩子幸福。」

粉紅女嘆了口氣。

房裡好事的月老開始大喊：「傳下去！幫這個女孩子找一個好男人！」

「交給我們吧！傳說中的搞笑二人組！」

「交給我們吧！」

「好男人我認識最多了！交給老娘！」

「這裡這麼多月老！儘管放心交給我們！」

鼓勵打氣聲此起彼落，最後變成震耳欲聾的巨吼。

由於太吵了，終於引起城隍爺龜藍趴火，派冥兵來調查為何整夜都那麼吵。

「我走了，我還會回來看看妳，直到妳找到歸宿為止。」

我跳下桌子，看著小咪的背影緩緩飄離。

粉紅女坐在我的肩膀上，大喊：「大家散了吧！去替小咪找個好對象吧！看看誰有本事綁上一條紅線，結束這個傳說！」

五百多名月老於是各自乘風離去。

死神背著鐮刀，莞爾地邊走邊談論。

土地公也坐在民宅屋頂，拿著轄區內的人事資料研究著，看看自己能否幫上忙。

粉紅女翻身摟住我的脖子，說：「你可以放心了吧？」

我聳聳肩。

我不知道。

16

接下來的一星期，我跟粉紅女接到大月老兩隻喜鵲帶來的任務。

我們幫一個知名豔星和一個棒球明星牽線，再替感情逐漸生變的小S跟黃子佼加碼一條紅線。其餘的時間，我跟粉紅女看遍院線電影，玩遍台灣大大小小的遊樂場。

做鬼也有做鬼的好處，真是始料未及。

「我活著的時候都沒像現在這麼快樂。」

粉紅女坐在摩天輪上，邊替一對熱戀中的男女綁上紅線，一邊開心地說。

「真的嗎？」我喜歡看女孩子笑。

「真的，雖然我不會認定所有的男人都是色狼，但是我身邊的男人真的都是滿腦子精蟲，每一個都只想帶我上賓館開房間，沒有一個願意帶我來遊樂園。」

粉紅女玩著旗袍上的線頭，說：「所以我都跟一些好姊妹來遊樂園玩，或是自己來玩，自己一個人看電影……」

我看著粉紅女，真誠地說道：「妳很漂亮，人又善良，只是妳生活的環境讓妳遇不到真心的男人。」

粉紅女一雙妙目看著我，細語軟綿：「沒想到我的幸福，是從我死後才開始。」

我不好意思地說：「別那麼說，我也很喜歡到處玩、看電影。」

粉紅女盯著我，甜甜一笑：「笨蛋，我的幸福才不是到處玩、看電影。」

我身體燥熱，暗暗心驚。

粉紅女原本粉嫩的臉顯得更紅了，說：「我的幸福，是有一個好男人陪我玩、帶我看電影，卻沒對我動歪腦筋。」

該來的，逃不過。

這一刻總會來的。我不笨。

「如果不是因為小咪，我恐怕早就對妳不軌了。」我窘迫地說。

「可是你沒有啊。」粉紅女嘻嘻笑。

「而且我好黑，妳聞聞看，我身上都是一股燒焦的味道。」我捲起袖子。

「我也有股瓦斯味啊。好像隨時都會爆炸。」粉紅女調皮地笑，偎了過來。

我哈哈大笑，粉紅女也笑得花枝亂顫。

摩天輪停下來了。

「要繼續坐嗎？」我說。

「我想去玩雲霄飛車。」粉紅女喜孜孜地說。

「好啊！可是我們御風飛行這麼久，雲霄飛車不夠看啦！」

我說，但仍跟粉紅女走向雲霄飛車。

粉紅女靠緊我，認真地說：「那我們就假裝自己是人嘛，做一點人會做的事……」

我替粉紅女生命的殘缺感到遺憾，心中也湧起莫名的守護感。

這算是出軌嗎？

小咪活著，我卻死了。

但我對小咪的愛沒死。小咪對我的愛只怕也更強烈。

強烈到燒掉無數姻緣的紅線。

「好過癮啊～～」粉紅女蹦蹦跳跳的，又說：「我們去滑水吧！」

我翻著觔斗前進，跟粉紅女跳上氣墊船。

順著電動水流，我跟粉紅女悠閒地躺在船上，相視而笑。

「我知道你忘不了小咪。」粉紅女撥著水。

「嗯。」我苦笑。

「要是小咪結婚了，你打算去投胎嗎？」粉紅女的手有點不安。

「不敢，自從上次我們幫阿湯跟蔣公銅像配對以後，我就不敢肖想投胎的事了，我估計我會變成一顆鼻屎。」我猛搖頭。

粉紅女眼睛一亮，說：「真的嗎！那我們一起當幾千年的月老好不好！」

我哈哈大笑，說：「那我得好好考慮一下！」

粉紅女誠摯地說：「你一定要好好考慮喔。我覺得跟你在一起很快樂，我可沒把握將來投胎轉世還會遇到這樣的好人。」

我感動地看著她，說：「謝謝。原來我這塊木炭這麼受歡迎。」

粉紅女點點頭，說：「我是說真的，也許我出身風塵不懂得矜持，但我真的很喜歡你，我也知道你深深愛著小咪，但我一點也不介意，因為這正是我最喜歡你的地方。」

我傻笑著，黃昏的陽光照在粉紅女的臉上、旗袍上，真的很美。

粉紅女握緊我的手，說：「把我當備胎、把我當朋友、把我當知己，都沒關係的，只希望你也能慢慢喜歡我。」

我不好意思地說：「其實我滿喜歡妳的。」

粉紅女嘻嘻一笑，說：「我早就知道啦！」

夕陽就落在小船身後，就跟所有的三流愛情小說說的，那麼美。

人的心裡會有矛盾，鬼也是。

而美景，往往只會加深心中的矛盾，把我困鎖在難以言喻的心境。

也許我可以寫一篇「鬼對人愛人、人愛鬼、鬼愛人、鬼愛鬼之看法」的論文，反正我有你想像不到的鉅額時間。

本來我打算逛完遊樂場，就要飄到彰化看小咪，卻在遊樂場門口遇到一件鳥事。

鳥事的主角，當然是個鳥人。

一個流氓橫著張臉走路，撞到一個小孩，小孩手中的甜筒掉在流氓的鞋子上。

流氓火大地將小孩一把抓起，塞進垃圾桶裡。

那小孩大聲哭喊，頭探出垃圾桶咒罵著：「幹！你死定了！我會叫外星人揍扁你！叫比克打死你！用死光把你融化！把你～～啊～～」

流氓愈聽愈火，撿起地上碎掉的甜筒塗在小孩的臉上，還把垃圾桶踢倒，讓胡言亂語的小孩隨著垃圾桶一路滾下階梯，直到撞到大樹才停了下來。

我在一旁看得更火大，罵道：「Shit！不知道這個傢伙被死神盯上了沒有？」

粉紅女拿出紅線交給我，頑皮地說：「他罪不致死。」

我忍住狂笑，說：「對，罪不致死。」

說完，便用紅線將流氓跟遊樂園入口處的石獅子綁在一起。

……對了，我又動用了強大的念力。

過了一分鐘，我跟粉紅女看著流氓抱著石獅子猛打手槍，引來上百名不斷爆笑的遊客圍觀，最後流氓筋疲力盡地把精液射在石獅子的嘴裡時，遊區警衛滿臉古怪、摀著鼻子把流氓架走，我和粉紅女則坐在地上狂笑。

「你們一定是搞笑二人組吧？」兩個坐在樹上的月老不可置信地大笑。

「Yes！We are！」我大叫，粉紅女則笑到沒有力氣講話。

「給你們一個忠告！千萬別投胎啊！」樹上的月老哈哈大笑。

「那還用你說！」我跟粉紅女笑成一團。

「你真的很特別！」粉紅女忍不住親吻我。

「我說過了，這叫無厘頭。」我說。

我決定了。

既然我一不怕投胎，二不想投胎，不如趁著我的職責之便，施展我心中的正義，將壞人就地正法。

陰德？

如果正義換不來陰德，那麼這種鳥鳥的陰德不要也罷。

粉紅女雖然說我偏激，卻義無反顧地贊成我的想法，她說：「這種事情再多做一百遍，諒你也不敢跑去投胎轉世，那很好啊！」

這就是女人的偉大之處。

真的很偉大。

17

時間一天一天的過，我跟粉紅女甚少返回無聊的地獄，幾乎都賴在人間。

我常常站在小咪上班經過的路口，看著小咪慢吞吞地從眼前走過。

看著她努力讓生活步入常軌的樣子，我的心往往在瞬間揪成一團。

有時我會去她上班的地方，坐在她身邊的招財竹盆栽上，陪她上半天班。

小咪喜歡看晚場的二輪電影，就跟以前一樣。

於是我也跟了進去，牽著她的手，摸著戒指的靈體……我不清楚我看電影的時間多些，還是看著小咪的時間多些。

小咪在人前很堅強，暗地裡卻偷偷擦眼淚。

我將這一切瞧在眼裡，除了難過，只好拜託土地公幫我多照料一下小咪。

我一直期待某天的到來，在那一天來臨前，我是離不開小咪的。

那一天，我會看到小咪神采飛揚地走在路上，身邊跟著一個善良幽默的好男人。

兩個人的手指間，繫上一條美麗的紅線。

雖然我一定會哭，我知道。

但是，我卻非哭這一場不可。

「壞人。」

粉紅女指著在街上，公然毆打一個老公公的兩個不良少年。

「我們快點行動，免得老公公被打死！」

我跟粉紅女各自抄起一條紅線，衝向那兩個將頭髮染成綠色的不良少年。

「怎麼綁？」粉紅女著急地說。

「念在他們年輕有救，趁著紅燈，我綁這台計程車，妳綁路邊那台賓士，快！」我大叫，集中念力跟粉紅女一齊將紅線甩出。

其中一個不良少年突然發腿狂奔，追著疾駛的計程車。

算他幸運，那輛計程車跑得不見蹤影。

不過延展性至少地球一圈的紅線，可不會這麼輕易放過他。報應還在後頭。

另一個少年就慘了。那台賓士停在一家便利商店前，所以叫現世報。

只見他抱著那台賓士轎車的車尾，脫下褲子，將醜陋的陰莖塞進賓士燙得要命的排氣管內，狂野豪邁地活塞抽動。

霎時間，所有的車子都停下來，搖下車窗，不可置信地看著這一幕。

剛剛被揍的老公公，忘卻自己身上的傷，張大嘴看著瘋狂操幹賓士的有為青年。

「你確定這是念在年輕無知的懲罰？」粉紅女笑彎了腰。

「時代創造青年，青年創造時代。」我認真地說，看得粉紅女笑得根本站不起來。

這時賓士的車主從便利商店走了出來，看到這一幕愛車被姦的慘烈畫面，手裡的飲料跟餅乾不由自主響應地心引力運動掉在地上。

這名有為青年的確是條好漢，抓緊車屁股猛操不停，說不洩就不洩，幹得筋肉糾結汗流浹背，幹到數百人齊聲大罵，幹到記者都趕來拍照。

終於，在記者快門按下的剎那，有為青年高度配合地一洩千里，面露疲態，溫柔地抱著賓士，燒焦的小鳥也滑出快噎死的排氣管。

「幹！」賓士的車主終於回過神來，一拳扁向有為青年。

這件事後來因為太髒了、太難以取信於人、太像作假，所以沒能登上新聞畫面，只能說是大家的福氣。

肯定真是月老界的經典。

我跟粉紅女坐在安全島上大笑，臉都快僵了。

「How could you do that? I can't imagine what a terrible thing I just saw!」洋腔洋調的聲音。

我跟粉紅女轉頭一看，是一個高大挺拔、鼻高眼尖的西方白人。

腳不沾地，背上有一對雪白的翅膀，赤身露體的甩著豪鳥。

「他說什麼啊？」粉紅女說，緊緊偎著我。

「他說我們怎麼可以做出這麼可怕的事，他簡直無法想像。」我說：「他是西方的邱比特吧？怎麼跑到台灣來？」

「Ohh... so it's Chinese way uh? How come you don't get any punishment? Who's in charge here?」邱比特一副倨傲的樣子。

不等粉紅女問我，我就說：「Hey man! we are not like you. God's doggie. We follow the destiny we create for ourselves, and accept wherever it leads us to.」

說完，我向粉紅女譯了一遍：「我說我們不像他是上帝的小狗，我們自己創造命運並坦然接受後果。妳看看，洋鬼子氣炸了。」

是的，洋鬼子邱比特氣得臉都快脹爆了，手上的弓箭吱吱作響。

我說：「Why are you here? Taiwan isn't God's land.」

邱比特哼了一聲，說：「I have an excellent record in the western world, and it's a great honor that God assigned me to come to Taiwan... and win this Game!」

我翻譯給粉紅女聽：「他在美國表現很好，上帝派他來台灣贏一場遊戲。」

轉頭看著他大聲問：「What do you mean by This GAME?」

邱比特甩著小鳥，說：「A thousand of us are sent here for the mission you Chinese have been failing in. In this case, it's to make that beautiful girl fall in love... again!」

To make that beautiful girl fall in love?

我大吃一驚，說：「挖靠，他們共有一千個人，全都是為了小咪來的，看樣子是要跟我們月老拚功力！他們要小咪再度談戀愛！」

粉紅女也嚇了一跳，說：「那怎麼辦？」

我陷入慌亂，但隨即心靈澄明，說：「那很好，五、六百個月老都無法成功的事，換換邱比特品牌的魔法也許有用。妳知道的，我只要小咪幸福。」

深呼吸，我對邱比特說：「May you win this game! This is from the bottom of my heart!」希望他贏得比賽，這是我發自內心的祝福。

邱比特怪異地笑了笑，說：「For what? You're so strange!」

我誠懇地說：「She will be my lover forever, and I beg you to give her a lovely man!」

邱比特怔了一下，點點頭說：「Oh my! It's you who make the girl a legend!」

我造就了這個傳奇？

我無語，只好苦笑。

邱比特雙翅微震，一飛沖天，大叫：「But it's ok! It's just a piece of cake to us!」

我跟粉紅女看著邱比特飛向滿天的邱比特集團，暗暗詫異。

「看樣子有一場大架要吵了。」我說。

「吵架？我看不要發生戰爭就不錯了！」粉紅女笑著說。

吵架？戰爭？

都好。

只要成功終結小咪悲傷的傳奇，都好。

18

邱比特大舉來台的事一個小時內便驚動了月老界。

各地的城隍也加派了較平日倍數的巡兵巡邏，以免月老跟邱比特發生衝突。

我跟粉紅女跟幾個資深的月老聊過，邱比特出現在台灣其實並不奇怪，因為台灣也有信仰基督教的信徒，而且外國人也不少，表現優良的邱比特常常會被指派到亞洲國家度假，順便射射愛神之箭。

月老的紅線可以跨越國界，邱比特的箭也不遑多讓，兩者各有千秋。

月老的紅線可以使相隔兩地甚遠的兩人墜入難以掙脫的緣分，而邱比特的箭卻只能將走在一起、睡在一起、坐在一起的兩人，一箭精準貫穿，令近距離的兩人從此愛得難分難解。

也就是說，月老的念力雖比不上邱比特的愛情魔法，但紅線卻可以使緣分超越千里。愛神箭威力很猛，卻只侷限於一箭貫穿的近距離兩人。

「這是怎麼回事？這麼多邱比特……會不會太瞧不起咱啦！」獨眼月老這樣埋怨。

「聽說是要去彰化，去那個剛死掉男友的女孩那裡！」城隍的巡兵說。

「聽說邱比特的愛情魔法跟箭法，都遠勝月老的紅線，看樣子你們月老要丟臉啦。」一個吃著冰棒的死神笑道。

「媽的，我們也組團去美國跟歐洲！」菜刀猛男忿忿不平。

我跟粉紅女坐在樹梢，看著一百多名月老從頭上御風而過，個個神情激昂，從方向來看肯定是前往彰化。

此刻，我心中全無身為月老的尊嚴，只求邱比特大勝凱旋。

然後大哭一場。

兩個小時後，全台灣的月老全都聚集在彰化上空。

三千五百一十六名月老飄浮在小咪家上，手中各執紅線，聲勢極為驚人。

但聲勢更驚人的不在天空，而在地面上。

街上、屋頂上，站滿了上萬名彰化城隍的駐兵，以及從鄰近縣市借調來的冥兵，防止月老跟邱比特之間突然暴起衝突。

我因為身分特殊，跟粉紅女坐在小咪的床上，緊張地等待月老們的決定。

「無論如何，今天妳一定要脫離對我的思念！」

我內心糾結地看著正在上網的小咪。

「大家聽好！」一個資歷長達一百年的死不投胎月老，大聲地宣佈：「趁著邱比特迷路找不到這裡，我們一起集中念力，灌輸在這條特粗的紅線上，再綁在女孩的手上，只許成功不許失敗！」

「對！不要讓那幾隻拿著弓箭的大鳥看扁我們了！」

三千多名月老集中念力，灌輸在百年月老手上超級特粗的紅線上。

百年死不投胎月老大喝一聲，飛甩紅線穿過窗戶，套住小咪的左手中指，粉紅女趕忙緊緊將之綁住。

小咪突然停下手邊的動作，呆呆地看著電腦螢幕。

我手心都是冷汗，看著表情呆滯的小咪發慌。

是時候了嗎？

小咪的中指依舊被強大的紅線纏住。

粉紅女緊張地握著我的手，說：「黑人牙膏，會成功的。」

窗外三千多名月老也在期待著。

大家額上的汗珠一齊落下的話，一定是場苦悶的鹹雨。

時間一分一秒過去，月老們的眉色逐漸打開。

時間一分一秒過去，我的視線逐漸模糊。

「成功啦！紅線綁上去啦！」坐在窗口的月老振臂大叫。

一時之間歡呼聲響徹雲霄，成千名月老的集體狂吼是很駭人的。

連地上的城隍駐兵都沾染到月老的喜悅，規律地踏步，「扣扣扣」的震天價響。

而我，又不小心領悟到一個哲理。

在歡呼中獨自難過，是加倍痛苦的。

小咪一動不動，眼睛卻溼了，中指上的紅線微微顫抖，好像在跟我道別。

「愛哭鬼。」我輕輕說，自己也流下眼淚。

「才怪。」小咪哭著說。

粉紅女突然用力捏著我的手。

我的心頓時懸空。

然後摔落。

紅線呢？

紅線呢？

「幹！」

窗口上的月老慘然大罵，看著紅線冒出陣陣裊煙，燒了起來！

小咪緩緩回頭，淒然看著我。

驚心動魄。

「妳看得見我？」我張大嘴巴。

「一直一直……」小咪咬著嘴唇，甩掉手指上的燃燒的紅線。

「我……」我說不出話來。

「不要走！」小咪大哭，撲在我懷裡。

走？

「我當然不走！」

我抱著小咪，抱著期待了一輩子的妻子。

19

這到底是怎麼回事？

是不可測知的命運嗎？

我無暇知道，雙手卻緊緊抱住我誤以為曾經失去，實際上卻未曾遺落的妻子。

「我一直一直都看得到你……都看得到你！」小咪哭著：「從你第一個晚上來，我就看得到你……」

我心中悲傷與興奮雜然交處，說：「那妳為何不跟我說？害我傷心得快要再死一次！我現在腦子好亂，亂到我真想活過來！」

小咪的鼻涕跟眼淚糊成一團，說：「我怕你知道了，會不來看我……會不來看我，我怎麼知道你會不會離開我、逼我把你忘記！」

我愣了一下，憐惜道：「白癡，要是妳看得見我，我會開心得要命！管他人鬼殊途那種狗屁不通的話，誰都無法攔阻我跟妳在一起。」

小咪嚎啕大哭，說：「你有毛病啊！我都答應要當你的老婆了，你還叫那麼多奇奇怪怪的鬼幫我牽紅線！你明明是不要我了！」

我摸著頭說：「我哪知道？我看妳每天都這麼傷心，恨不得趕快找一個好男人陪陪妳……妳呢？怎麼有辦法燒掉紅線？什麼時候有陰陽眼的？」

小咪抽抽噎噎地說：「我也不知道，自從那一道雷擊中你，我被震波彈開後，我就看得到到處走動的鬼魂。我每天都在等，都在等你來看我。我也不知道怎麼燒掉紅線的，就算燒不掉，我也會動手把它拆下來！」

說著說著，我有些感動，又有些窘迫。

「可是我現在又黑又臭，妳不怕我？」我苦笑。

小咪大聲說道：「不怕不怕！」

說完，又緊緊抱著我。

此時，我內心喜悅無限，再無疑惑。

我衝到窗口大喊：「各位月老弟兄！這女孩子是我的前世妻子！她跟我再也分不開了！請大家放棄吧！」

三千多個月老面面相覷，一時之間竟不知如何反應。

我想起以前粉紅女跟我說的紅線特殊用法……

□

「以前有月老太過癡迷前世未死的女友或男友，於是將紅線用念力各綁在人鬼身上以祈求再續前緣，這只會導致三種情況。」

「哪三種？」

「第一種，最罕見的一種，就是不久後導致活著的人死亡，這真是冤孽。第二種情況，就是那月老立刻捨神職去投胎，兩人或許真能續緣相戀，這也是部分老少配的緣由。」

「唔，聽起來很浪漫啊。」

「第三種情況，也是最可能發生的情況，就是紅線立刻斷掉，或是隨著月老投胎時軼失在輪迴的洪流裡。紅線不是萬能的，命運還是凌駕在緣分之上。」

□

雖然很罕見，我終究不願冒著讓小咪死亡的風險，因為小咪還要照顧逐漸年邁的父母。想了想，我打算象徵性地使用紅線，等大家散去便立刻將紅線拆下。

為了安撫上千個情緒緼亂的月老，我拿起紅線大喊：「大家放心！月老傳說永遠都是月老傳說！也只能被月老自己終結！」

我拿起紅線套上自己的中指，想再套上小咪。

突然間，一道悍然而至的白光將紅線擊斷，直透入房間牆上。

我看著牆上，一支閃閃發光的愛神箭。

「Stop cheating!」

一千個邱比特已經飛在雲端，個個手持弓箭、拉滿弓。

「And you all should've known it's wrong and against the rule to fall in love with the living ones!」為首的邱比特大聲喊道，面色不善。

原來在西方，人鬼戀愛同樣是禁忌。

不過……管你的！

「Don't break my dream!」我怒吼，又拿出一條紅線。

為首的邱比特再度掄起弓弦，厲聲喊道：「You aren't going to do that again if you don't wanna die twice!」

我知道鬼要是被鬼神之力再殺死一次，就會失去元神，無知無覺地滅絕。

當然也無法輪迴。

面對百步穿楊的邱比特，我一時不敢甩出紅線。

此時百年月老大叫：「邱比特！來台灣就講我們聽得懂的話，不要洋腔雜文！」

邱比特之中也有擅使華語者，便喊道：「我們在美國已經選定一個十年難見的好男人了！你們月老別干預我們行事！愛情是沒有宗教跟國界的，任何掌控愛情的力量都被准許在任何地方施行，你們膽敢阻撓此一天律，我們就請命運仲裁！」

月老一陣大笑，紛紛喊道：「那那個好男人呢？你們的箭只有一丁點射程，還要一箭貫穿兩人方能奏效，難道可以一箭射到美國？」

數千名月老恣意狂笑。

不料邱比特卻昂首說：「是又怎樣！拿出我們邱比特最引以為傲的寶貝——宙斯神弓！」

為首的邱比特打開手中的盒子，盒中乍現奪目奇光，出現一張巨弓跟一支巨箭。

那邱比特說道：「今天要你們瞧瞧世界上最偉大的愛情魔力，一百年只能射出一箭的宙斯神弓，配合宙斯親製的愛情巨箭有多厲害。」

語畢，所有的邱比特合力拉滿巨弓弦，將一支垸木長的巨箭搭在弦上，吱吱作響。

我大駭，生怕這巨箭會傷害脆弱的小咪，想挺身保護，沒想到被粉紅女跟幾個月老用力拉住。粉紅女急道：「這箭傷不了凡人，卻能將你射得魂飛魄散！」

小咪看著天空中的巨箭，眼神堅定地說：「沒什麼，你都幫我擋一顆子彈了，這箭傷不了我的，更動搖不了我的心。」

天空中的邱比特興奮地大喊：「大夥盡全力射出去，別怕！從這裡到美國的天空，沿途都有邱比特接力，將箭導引到布萊德彼特身上！」

三千個月老害怕巨箭的威力，趕忙讓出一條空中大路。

我緊張地看著小咪，只見小咪擦掉滿臉的眼淚，笑著舉起左手，說：「我擁有全宇宙最幸福的祕密武器。」

是我們的結婚戒指。

「你們真登對。」粉紅女拉著我，又苦又澀地笑著。

「GO！」一千名邱比特鬆手。

一支轟天閃電般的巨箭勢若劈天，流星般射向站在屋子中央的小咪！

小咪舉起左手，等待著一百年來最震撼大地的愛情箭停了。

停在小咪舉起的戒指上，像是被生生攔住。

聲勢天地動容的特大號愛情箭，難得百年出鞘，理當無男不摧、無女不擋，什麼史前大恐龍、千年老處女的，此刻都該像喝了五百大碗春藥那般渴求愛情。

但，此刻的大箭，卻生硬地停在小咪的眼前，不敢繼續前進。

「為什麼我前進不了？」愛情巨箭看著小咪。

「有些事，一萬年也不會變。」小咪摸著巨箭，說：「對不起。」

為首的老邱比特著急大吼：「箭！你瘋啦！」

卻見愛情巨箭流著冷汗說：「如果真的撞上去，我會裂成碎片的，到時候看你怎麼跟上帝交代？」全身都在發抖。

月老轟然大笑，笑得邱比特們大窘。

事情至此，邱比特們只好悻悻地將巨箭扛回肩上，跟巨弓一齊收回盒中。

「Damn it! I've never met such an unbelievable thing!」邱比特嘴中碎碎罵道，一千個大鳥無奈地飛上天空，化作成千黑點。

「Thank you anyway!」我大聲喊著。

「真是傳奇。」一百年死不投胎的月老嘆道。

「別打擾小倆口了！大夥散吧！工作都延宕了！」菜刀猛男大聲喊道，看著我笑了笑，跟著眾人御風離去。

頭上的菜刀在夕陽下化作一個耀眼的光點。

□

房間只剩下一個人，兩個鬼，還有一隻被嚇傻的小貓。

「我要嫁給你。」小咪看著我，深情地說。

我笑得闔不攏嘴，說：「我知道。」

小咪咬著牙，說：「等我幾年，等我爸爸媽媽過世了，我一定去找你。」

我猛點頭，又猛搖頭說：「不急不急，妳好好活著，反正有我陪妳。」

此時小咪四顧張望，像是在找尋什麼。

「你的拍檔呢？」小咪問道。

我愣了一下。

「粉紅女多半跟著大夥散了吧。」我頗為歉疚。

我心亂如麻。

我已害得粉紅女不敢投胎了，但是，我卻……

在小咪死後，我真想跟小咪搭檔，再續前緣。

「不要讓你的搭檔等太久，去找她吧。」小咪嘆了口氣，說：「我早就瞧出來啦，她其實很喜歡你。」

我不置可否，吻了小咪一下，說：「我去找她。」

小咪凝視著我，說：「你是笨蛋，也是壞蛋。」

「只屬於妳一個人的壞蛋。」我笑笑。

「對，只屬於我一個人的壞蛋。」她展顏。

我揮手飛出窗外，說道：「無論如何，感謝那一道閃電讓妳看得見我。」

小咪摸著戒指，甜笑：「我永遠都是你的新娘子。」

20

我站在新竹南寮的海堤上，已經等了一天了。

這裡算是我跟粉紅女的「老地方」，她應該知道我在這裡等她。

但，這次的情況很不同……

我不怪粉紅女遲到，她有非常充分的理由生我的氣。

我看著一大堆水鬼在浪裡追逐游泳，又趴在車道中讓各式車輛輾過我，偶爾飛升到高空中找尋粉紅女，飄在稀薄的雲氣裡思考這些日子發生的一切。

就這樣，五個晝夜過去了。

想起過去三個月來的相處，號稱「搞笑二人組」的日子真的很快樂。

……如果拋開對小咪痛苦思念的話。

第七天了。

我實在很想飛去彰化看看小咪，卻害怕粉紅女來了，我卻不在。

當我單指倒立在海堤時，我突然一陣莫名的心驚。

「是不是粉紅女抓狂，跑去投胎了？」

我趕緊翻身拿出懷中的水晶，劈開時空，穿入久違的地獄。

地獄之大令人破口大罵，我邊跑邊吼著粉紅女的名字，直到被鬼官攔下來。

「麻煩一下，我是個月老，我要找我的拍檔。」我急道：「我怕她跑去投胎了，我要怎麼找到她？」

鬼官搖搖頭，說道：「雖然都變成鬼了，但你這樣亂吼成何體統？要找你的月老夥伴，可以去問問大月老啊！就算她要投胎，也得跟大月老報備才行。」

我趕忙穿過火焰森林，踩上懸崖邊的浮雲急上，遁入倒懸大湖。

不一會便拔出水面，我大吼：「大月老！大月老！」

一群喜鵲載著一個慈眉善目的老人，大月老，飛到我面前。

「黑漆漆的孩子，找我我有什麼事啊？」大月老簡單地問。

「我要找我的夥伴，粉紅女！我已經好幾天沒看見她了！請問大月老，粉紅女在哪裡，是不是跑去投胎了？」我劈頭就進入重點。

大月老摸著七尺長鬍，沉思道：「粉紅女，我想想……」

「就一個全身粉紅色，很漂亮，穿著旗袍的美女啊！」

我本以為大月老拿出水晶球之類的怪東西找尋粉紅女，卻只看到他老人家傻裡傻氣地回想。猛地，他老人家靈光乍現。

「啊！我想起來了！她去投胎了……據說，是變成一隻穿山甲！」大月老開心地手舞足蹈：「她即將出生在太平洋上走私動物的小貨船上，然後在一分鐘之內不小心墜海淹死，啊！我就知道我還是老當益壯！」

「幹！」我一拳扁向大月老。

然後再一拳。

再一拳。

然後趕緊跳入水中。

粉紅女……

我真的對不起妳。

我立刻去太平洋救妳。

我拿出水晶劃破陰陽，躍入陽光普照的人間。

「太平洋——挖靠！」我提氣狂奔，踩著海洋上的氣流急速飛行。

但汪洋遼闊之極，一望無際的海平面漠然包圍著我，令我感到絕望與無助。

粉紅女自暴自棄投胎成一隻哭八倒楣的穿山甲，我絕不能讓她就這樣溺死。

要當穿山甲，就要當一隻快樂的穿山甲。

我盲目亂飛，著急地尋找汪洋中的小貨船。

即使是鬼，也無從找起。

也許穿山甲已經溺死。

但也許沒有。

「粉紅女～～～～～～～～～～～～～～～～」我大哭，看著一望無際的碧海。

如果愧疚是一種液體，我，已經淹死了。

「笨蛋。」

粉紅女站在我身後，淡淡地說。

我呆呆轉頭，看著一身旗袍的粉紅女，說不出話來。

如果吃驚是一種固體，我正在被砸死。

粉紅女罵道：「你白癡啊！竟然揍了大月老！」

我傻笑道：「他說妳投胎到太平洋，變成一隻穿山甲了。」

粉紅女嘻嘻笑道：「笨蛋！用常識想也知道投胎是命運的祕密，誰都不知道的！就連大月老，也不可能知道箇中奧祕！」

我怪笑道：「那大月老是怎樣？」

粉紅女用力敲了我一個爆栗，大笑：「你知道為什麼大月老不再出任務牽紅線嗎？因為他已經癡癡呆呆了，什麼事都記得顛顛倒倒的，他說的你就信，你白癡啊？」

我摸著頭，說：「那我死定了，這下子大月老不知道要怎麼罰我？」

粉紅女哈哈大笑，說：「剛剛我去找大月老談我要解職投胎的事，大月老一臉鼻青臉腫的，我問他怎麼了，他說剛剛被一個月老扁了一頓，卻一直想不起是哪一個月老，所以很苦惱。他只記得那個月老黑黑的，很臭，好像要趕去太平洋投胎，我一聽就知道是你，所以就跑來了。」

我看見粉紅女實在高興，脫口：「好險妳沒真跑去投胎。」

粉紅女嘆了口氣，說：「我想通了，我能怎麼樣呢？你跟小咪是一對的，遲早都會在一起。我這個電燈泡還是去投胎的好。」

我不知道該怎麼說，只是握緊粉紅女的手。

粉紅女含著眼淚，說：「我知道你很愧疚。是啊，你的確應該愧疚，竟然讓我喜歡上你。但是請你再找一個拍檔吧，我想去投胎了。」

我難過地說：「妳不考慮繼續跟我搭檔嗎？距離小咪死掉還要好久。還是，妳有沒有考慮跟別人搭檔？總之，我捨不得妳亂投胎。」

依照我們的惡搞紀錄，粉紅女現在去投胎一定很慘。

粉紅女幽幽地說：「我瞧見你跑來太平洋找我，那種急切跟傷心的樣子，我真的很感動。我也更加明白小咪這麼愛你的原因。黑人牙膏，你真的很特別。」

我趕緊說：「那就別去投胎吧！」

粉紅女拉著我，坐在大海的白色波浪上。

許久，我們都沒說話。

不管是人是鬼，大海總是包容我們多變不定的心思。

雖無法真正帶走什麼，卻用最委婉的細浪沖淡我們的愁。

「黑人牙膏，你覺得，這個故事會怎麼結束？」

「……」

「你不覺得怎麼結束，都是遺憾嗎？」

我看著水裡嬉戲的海豚，話中有話：「其實這世界上好男人很多，好男鬼自然也很多，妳又那麼漂亮。」偷偷看著她。

粉紅女瞪著我：「爛結尾。」

我苦笑說：「那妳說呢？」

粉紅女摸著海豚撒嬌的頭，說：「我也不知道。」

21

日子一天天過，粉紅女暫時不去思考投胎的問題。

我們中規中矩地牽了幾十條紅線，不敢再亂玩壞人。

我每隔兩天就會去找小咪聊天，陪她上班，聽她抱怨。

在我跟小咪相處的時間裡，彆扭的粉紅女有時候也會同我們一起說說話，討論電視劇或新聞。有時候，她會跟別的月老或土地公約會。

每天粉紅女都會接到許多熱情的邀約……等你死後，你就知道地獄美女有多亮眼。

小咪能看見我、聽見我、感覺得到我，真的給了我莫大的幸福。

雖然我生前不能真正娶到她，但我卻有幾十年的光陰可以等待小咪走到生命盡頭，兩隻鬼便可從此悠遊天地陰陽，享受甜美的永恆了。

小咪是很孝順的，所以她不可能自殺跟我在一起，人間仍有她繫絆的爹娘。她說，自從妹妹出國留學後，很快就嫁給了英國的建築師，家裡只剩爸爸媽媽跟自己，她爸爸跟媽媽整天苦勸小咪早點戀愛，早點結婚生子讓他們放心。

但怎麼可能呢？

我可是小咪的真命天子。

也許，未曾有紅線綁在我倆身上。更何況，我死了。

不過，這是愛情。愛情沒有公式。

我常常看著小咪趴在我懷中睡著、流著口水的酣樣。

我說，這真是人間絕景，實在應該被列為世界第九大奇景。

雖然有時我不免煩惱，要是小咪的爸爸媽媽身子一直壯健不死，那小咪不就成了人見人怪的老處女？不過這倒還好，只要我們開心，這點小事無妨。

但陰陽律法就不容人鬼戀了。

「地獄忍受你們很久了，等著七天以後的天譴吧！」一個鬼官冷冷說道。

「我死都死了，難道要我魂飛魄散？」我雙手扠腰，極為不爽。

「有何不可？」鬼官拿出令牌，丟在我腳下。

「一樣是鬼，幹嘛這麼雞雞巴巴？我不過是等待小咪死掉以後，能跟我再度相會。」我把令牌一腳踢到牆邊：「其他的，我什麼也沒做！」

「但你整天出現在具有陰陽眼的女孩旁邊，擾亂她的心神，就是顛倒陰陽，毀壞律法！故意令該女不嫁，更是其心可誅！」鬼官大罵後，甩身離去。

七天？

開始倒數。

22

你問我粉紅女怎麼了？

她很好，每天都有約會，也每天跟我出任務。

「你不怕七天以後的天譴？」粉紅女憂鬱地說。

「怕。」簡單的回答。

「那怎麼辦？」粉紅女握著我的手，不安地說。

「等。」簡單的說明。

「我不要你魂飛魄散。」粉紅女認真地說。

「我也不想。總之，不要告訴小咪。」

我坐在樹上，微笑地跟窗口邊的小咪揮揮手。

天譴是什麼？

我想盡辦法託月老弟兄到處打聽，得到各式各樣的答案。

「天打雷劈，劈得你魂魄散盡。」喜歡配對同性戀的月老說。

「是死神，一刀砍得你魂歸四方。」爆炸頭月老說。

「是強迫投胎，嘿嘿……投到哪兒，就自己想想吧！」只剩半顆頭的老月老說。

對於這些恫嚇，我只能苦笑，或假裝不在意。

王八蛋，其實我也怕死了魂飛魄散。

無知無覺的幻滅於虛無之中，一定不會是令人愉快的經驗。

粉紅女建議我寫一份悔過書，發個誓不再接觸小咪。

「反正小咪一定不會背棄你的，你就乖乖等她死掉後，就可以跟她長長久久啦！現在忍一忍幾十年，就可以換取小咪死後的無限機會！」粉紅女真摯地說：

「總之，黑人牙膏，我不要看見你的愛情枯萎，更不願看見你化作虛無。」

我聽話了，認錯道歉裝乖一向是我的強項。

我耐著性子寫了好幾篇用詞懇切的悔過書，拜託粉紅女交給大月老、鬼官長老、城隍總部，期待地獄的判決翻盤。

到了第五天，我送小咪到南投參加公司的自強活動後，便飛到新竹南寮海堤上跟粉紅女相會。

粉紅女神色緊張，卻又頗為複雜。

「怎麼了？」我也沾染到緊張的空氣，說：「地獄的判決下來了沒？」

粉紅女四處張望，拉著我跳下海堤，鑽進岩石堆中。

一個長髮及肩，雙眼倒吊的紅衣女鬼，正坐在岩洞裡等我。

我差點尿了出來，是我剛剛下地獄時遇見的「長髮女人」，矢志復仇的厲鬼。

我努力驚喜道：「嗨！好久不見！復仇成功了嗎？」

長髮女人臉上掃過一陣喜悅，說：「七裂八剮，每個都跑不掉。」

我點點頭：「那真是再好不過，可惜我衰透了，聽說上面要對我搞天譴。」

長髮女人面色凝重道：「我就是為了這件事而來，也算是你我有緣吧。我接到上面的密令，這個命令牽涉極廣，其中還包括你陽間的女友。」

我驚問：「小咪？」

長髮女人鄭重地說：「上面最近幾天有個相當驚人的大計畫，將會集結上千個死神共同執行，你的女友已被列入大計畫的附帶執行名單中。」

我心中惴惴，問：「什麼大計畫？附帶執行名單是什麼意思？」

長髮女人嘆了一口氣說：「我們也算有緣，我想我只能告訴你大計畫的內容，卻無法再多幫你一些。其實就算想幫，也幫不了。今天是九月十九號，後天，就是你女友的死期。」

我聽了，雖然為小咪感到可惜與難過，但是我並沒有太深刻的震撼，畢竟死亡不過是另一種形式的旅行，死後的生活大可以多采多姿。

最重要的是，省掉自殺的爛步驟，小咪可以提前跟我在一起了！

只是可惜了小咪的孝心，她的父母都還健在，正需要親情與照顧的時候，小咪的死一定會重創兩老的生活。

「謝謝妳告訴我。」我看著長髮女人，深深感激她的情報。

長髮女人搖搖頭，說道：「你若是期待著你跟你女友將來的相會，唉，你就太樂觀了，上面交代死神集團，務必將你女友的魂魄直接送到孟婆橋，迅速投胎轉世！」

我大怒：「怎麼這樣胡來！小咪應該可以選擇當月老啊！」

長髮女人一臉無辜，說：「這不是我們死神可以決定的，上面說為了懲罰並禁絕人鬼畸戀，絕不能任由小咪死掉後還能跟你在一起，想一想也的確如此，你如果跟小咪在一起，一定會造成現任神職的期待心理。」

「……」我閉上眼睛。

「你想想，要是每個鬼都這樣影響陽間的人，一定會嚴重擾亂秩序。總而言之，你跟小咪是到此為止了。」長髮女人歉然。

我一聽，心都涼了。

然後碎了。

「我會保護小咪。」我捏著拳頭，堅定地說。

「你只會找死，不，是魂飛魄散！」長髮女人拿出一把冥刀，說：「現在小咪的旁邊，大概已經有二十個死神守衛了吧，一旦你想接近小咪，就會被亂刀散魂，我勸你萬萬不要做出傻事！」

粉紅女緊緊拉住我，說：「我不准你去！」

我甩開粉紅女，飛上海堤叫道：「二十個！區區二十個！我想辦法去調一百個城隍冥兵幫我！我絕不讓小咪死掉！」

粉紅女大喊：「你救得了小咪一次，救不了永遠啊！」

長髮女人也叫道：「城隍冥兵不敢幫你的！你哪來這麼自以為是的想法！」

□

我身影如電，踏風乘風催促風，用最快的速度來到新竹城隍廟。

「城隍大爺！請幫幫我幫幫我！借我一些冥兵吧！」我跪在城隍爺腳下哭求。

「很抱歉，我們接到命令，各地城隍都必須拒絕你任何請求。」

城隍爺走進內房，不再出來，留下又驚又怒的我。

23

「要硬拼嗎？」

我摸著懷中的紅線，我唯一的法寶。

好遜的法寶，想綁住二十個死神絕對太脆弱。

遇到劈魂斬魄的冥刀，更只有被恥笑的份。

我跪在城隍廟前，突然心生一計。

「好！既然紅線纏不住死神，那我就拿來纏小咪！」我頓時充滿信心。

沒錯！如果將紅線繫住小咪跟另一個男人身上，再施展念力的話，姻緣的強度將會促使兩人結為連理，強到連死神都奪不走！

但我該高興嗎？我沒時間細想，更沒時間傷心。

如果小咪不能跟我在一起，就這樣莫名其妙地死去，我絕不允許。

她應該享受美妙的人生，應該擁有完滿的愛情，應該讓她的父母安心。

就這樣吧。

就這樣吧。

「行不通的。」

粉紅女聽完我的計畫直搖頭。

「我知道要引開死神非常困難，但還是值得一試。」我只能這麼說。

「就算你成功綁上紅線，冥刀一斬，紅線還是應聲而斷。」粉紅女繼續說道：「就算紅線不斷，死神照樣依令可以取走小咪的命，那麼紅線上的念力將會使小咪跟那位男人以冥婚的方式結為連理，你知道的。」

我無法思考，說道：「那我去孟婆橋，準備搶奪小咪！」

粉紅女大聲說：「黑人牙膏！你不要再胡思亂想了！天譴沒有毀掉你的魂魄已經很幸運了！」

我吼道：「天譴應該針對我來！」

粉紅女摟著我，哭著說：「我不要你走！我等了一輩子都等不到像你這樣的人！我不想你走！」

我看著懷中的粉紅女，嘆道：「恐怕要令妳失望了，我要去城隍那邊搶把冥刀，跟他們拚了。」至於怎麼個拼法，成龍跟李連杰在電影裡都教了很多。

「大可不必。」

菜刀猛男跟輪胎印女從天飛降。

「你們來幫我？」我不可置信地說。

對手可是死神集團啊！

「不敢不敢。」菜刀猛男尷尬笑道：「我們只能給予精神上的鼓勵。」

「或是可靠的建議。」輪胎印女接著：「小咪成為月老傳奇，我們也參與其中。」

菜刀猛男說：「剛剛我們聽到你們的談話，大致了解情況了。幸好輪胎印女想起一個傳說，或許可以幫得上忙。」

粉紅女忙問：「什麼傳說？」

輪胎印女坐在大石上，說：「妳知道七緣紅線嗎？」

粉紅女跟我搖搖頭。

輪胎印女繼續說道：「你們資歷太淺，難怪沒聽過七緣紅線。這個傳說在月老界是禁斷的祕密，有些做了好幾年的月老也不一定知悉。」

粉紅女跟我同聲說：「說下去！」

輪胎印女蹺著腿，說：「這個祕密之所以被禁絕，是因為七緣紅線不是大月老製作的，而是織女用自己的鮮血和眼淚織化成的。」

「織女？」我頭歪了。

「七緣紅線威力之強大，千年來不斷震撼月老界，它帶來堅韌無比的緣分，連無情刀都剪不斷，若加上念力就更不得了了！織女將七緣紅線綁在自己跟牛郎的身上，縱使天兵天將都無法使兩人分開，最後兩人還投胎成恩愛夫妻，姻緣蟬聯七世，世人謂之七世夫妻。」

我心念一動，說：「那條七緣紅線呢？」

輪胎印女聳聳肩，說：「那條七緣紅線不是月老綁上的、也不是月老製造的，緣分的強度卻連綿七世，這根本違反月老認定的愛情規則，也讓月老們丟臉，所以大月老將之祕密封印起來。現在除了大月老，誰都不知道七緣紅線的下落。」

粉紅女疑道：「織女不是將七緣紅線用掉了嗎？怎麼會被大月老封印呢？」

輪胎印女說：「七緣紅線共有三條，一條用掉了，一條織女交給兒子保存，一條交給女兒保存，後來她兒子連同七緣紅線不知下落，她女兒的紅線則被大月老沒收，以免擾亂人間姻緣。」

我明白了，說：「好！那我去大月老那邊偷取七緣紅線！」

粉紅女搖搖頭，說：「時間不多了，明天就是第七天，我去偷七緣紅線，你去找一個適合小咪的好男人吧！」

我不知道。

由我自己去尋找適合小咪的情人……也許，我是這個任務最差勁的人選。

「從今以後該由誰照顧她、與她共度七世，你應該擔起這個責任，因為她是你最愛的人。」粉紅女淺淺一笑：「至於偷七緣紅線這種小任務，就交給我吧。」

我長嘆，說：「我不懂的事很多，但還不笨，偷七緣紅線的罪責一定很重，還是我去吧。至於小咪的真命天子，就交給妳認定，我不是那任務的好人選，更沒那種氣度。」

粉紅女點點頭，握著我的手：「那一起去，我們動作快點，至於小咪的對象，就交給菜刀猛男跟輪胎印女揀選吧！」

菜刀猛男拉起輪胎印女，說：「ＯＫ！就交給我們了！你們需要多久的時間？」

我心中沒個準，隨口應道：「天知道，五個小時吧。」

菜刀猛男說：「好！五個小時後在這裡見面！我會動員至少五十個月老一起找尋好男人的！」用力拍拍我的肩膀。

「謝了！」

我跟粉紅女拿起水晶，破開陰陽。

24

火焰森林↓懸崖↓浮雲↓倒懸大湖↓月老界。

「該從何找起？」粉紅女看著滿天喜鵲發愁。

「大月老病得有多嚴重？」我問，心中依舊鬱鬱。

粉紅女皺眉：「這是無人知曉的祕密，恐怕連大月老自己也不清楚。」

我勉強笑了笑，說：「希望他還記得自己的名字。」

我張嘴大喊：「大月老！大月老！大～～～～～～～月～～～～～～～老～～～～～～～」

就這樣喊了一分多鐘。

一個老人總算拖著七尺白鬚，搭著百隻喜鵲來到我們面前。

「什麼事？」大月老慈藹問道。

很好，你已經忘記我了。

我向粉紅女使個眼色，要她讓我處理。

「您忘啦？」我一臉詫異。

「忘了什麼？！我可沒忘！」大月老滿臉怒容中，帶有一點尷尬。

我嘆了口氣，說：「七緣紅線，拿來吧。」

大月老神色一驚，說：「胡說八道！那可是我辛苦封印起來的寶貝。」

我忿忿說：「那你前天說要借我，都是唬爛的啊？還是你根本忘記啦？！」

大月老臉一紅，恙恙道：「嘿！我才沒忘掉，我只是逗你一下。」

我開心說：「果然如此，其他月老都謠傳您的記憶力大退，我就不信！我瞧您神智清朗無比啊！」

大月老哈哈一笑：「沒錯沒錯！其實我只是裝傻，只是喜歡開開年輕人玩笑罷了！」說著，從褲襠裡拿出綁滿符咒的盒子。

我接過盒子，笑咪咪地說：「別忘記我明年今天還你啊！」

大月老傻了眼，說：「借那麼久？七緣紅線借那麼久？」

我奇道：「不是說好要賭一賭大月老您的記憶力？如果您記得明年今日之約，幾千個月老都輸啦！您不是說要證明您還是清醒壯朗？」

大月老拍拍胸脯，說：「沒錯！我記得清清楚楚、半點不差！你儘管拿去吧！半年後這裡見！」

我牽著粉紅女躍入大湖，回頭大喊：「是五年後啦！」

大月老大笑：「對對對！五年後記得把九轉神仙丹還我！」

□

粉紅女難以置信地看著我大笑。

「沒想到這麼簡單吧。」我也笑了，心中總算放下大石。

「你真的很搞笑！哈哈哈！那你去哪裡找九轉神仙丹還他？」粉紅女笑倒了。

我撕掉盒子上的禁咒，說：「什麼九轉神仙丹？我跟他借的是鉛筆。」

粉紅女笑得擊掌，笑得前俯後仰，差點從風中跌落。

等到粉紅女好不容易笑累了，才擦去眼淚說：「七緣紅線到底長什麼樣子？」

我打開盒子，拿出一條血紅的細線。

粉紅女仔細端詳，說：「比我們用的線細了許多，還有一股淡淡的酸苦味，大概是織女的血和眼淚吧。喏。」

我看著七緣紅線，想著自己的摯愛將要成為別人纏綿七世的妻子，心中的酸楚絕不亞於當初的織女。

織女為了與牛郎再續前緣，以自身血淚織化作撼動大地的七緣紅線，看似悽苦悲哀，但我相信織女當時的心情是非常喜悅的。因為七緣紅線是她的希望，是她與牛郎幸福的保證。

但我呢？

這條七緣紅線可不是我幸福的希望。

事實上，我正要拿它來埋葬自己的幸福。

「別難過了，你是為了小咪好，她不應該遭到天譴。」粉紅女按摩著我的肩，說：「現在也不是傷心的時候，你雖然有了無堅不摧的七緣紅線，但你要怎麼綁到小咪身上呢？她身邊可是跟了二十個死神部隊的菁英啊！」

我看著七緣紅線，說：「既然它無堅不摧，就不怕冥刀砍，可以拿來當作防禦的物事。」但說是這麼說，我可一點也沒把握。

粉紅女罵道：「你白癡啊，這不是漫畫，你一接近小咪就會被砍死的。」

此時菜刀猛男偕同輪胎印女從天而降，身後跟著十多個月老。

我看著這些令人窩心的朋友，感動非常。

「他們都是老朋友了，我們根據以前的資料，一起篩選出幾個很棒的男人。我想，最後的人選應該由你決定。」菜刀猛男伸出手，手中的紅線盒中繫住了五個遠方的男子，又嘖嘖稱奇：「你真行，竟真的偷到七緣紅線。」

輪胎印女解釋道：「我們將紅線先綁住對方確認位置，你決定後，我們雙方各自拿著七緣紅線的兩端，分別綁住小咪跟男方。」

「你們決定就好了……時間不多了。」我推卻，將七緣紅線的一頭拿給菜刀猛男。

「黑人牙膏，你自己選吧。」輪胎印女嘆氣道。

「至少聽聽是哪五個男人吧。」粉紅女躲在一旁，好像很怕我生氣。

我苦笑道：「說吧。」

「第一個，叫陳致中，年紀輕輕卻大有來頭，他是陳水扁的兒子，正在念台大法律系，雖然天機不可洩漏，但是我們認為上面的意思是要來個政黨輪替，所以陳水扁當選總統的機會很大，而陳致中成熟穩重、努力上進，再加上有強大的父蔭，小咪跟著陳致中一定不會吃虧的。」菜刀猛男拍拍胸脯。

我搖搖頭，說道：「小咪不適合官宦之家。要是陳水扁沒選上總統就算了，要是他真當上了總統，小咪一入豪門深似海，以後一定有八卦雜誌緊盯著第一家庭，小咪不喜歡過這種生活的。」

菜刀猛男拿起第二條紅線，說：「沒關係。第二個男人大家都認識，劉德華。雖然老了點，不過是個標準的好男人，拍戲雖忙賺錢卻很快，私底下孝順父母待人和善，經過香港的月老調查，他的性向是百分之百異性戀，所以小咪嫁給他的話一定會感到很幸福的。」

我抓著燒焦捲曲的頭髮，說：「Shit！小咪的確很喜歡劉德華……」

粉紅女蹲在一旁，說：「那就劉德華吧，他們倆很配的，一定會受到大家的祝福。」

我跺腳道：「事到如今我居然還會嫉妒……先告訴我第三個男人的資料吧！」

菜刀猛男拿起第三條紅線，說：「第三個男人，是個才華洋溢的年輕音樂家，雖然還沒有大放異彩，但是快了，他的才華不會讓他的名字被埋葬。他曾交過一個女友，但是那女友卻在十年前的車禍中喪生，讓他悲慟欲絕，他需要一個跟他相扶持的好女孩，但是幾年來月老為他綁上的紅線卻都沒什麼效。」

輪胎印女嘆了口氣，說：「就選他好嗎？」

我咬著指甲，苦澀道：「為什麼？選劉德華不是更好？」

輪胎印女眼淚滑落，說：「我就是他十年前喪生的女友。」

我放下手指，訝然：「妳是他女友？」

輪胎印女看著遠方，說：「自從我死後，他除了瘋狂創作，生活簡直一場糊塗，我親手為他綁上好幾條紅線，他都只願意跟對方保持朋友的關係……我想，七緣紅線一定可以解脫他封閉的感情世界，對不起，我利用你們去偷七緣紅線——是我太自私了。」

我莞爾一笑，說：「妳男友是個癡情的好人嗎？」

輪胎印女點點頭，哭了起來。

我看著七緣紅線，問：「他願意幫所愛的人擋子彈嗎？」

輪胎印女抹去眼中的淚水，說：「相信我。」

我將七緣紅線一端放在輪胎印女的掌心，說：「希望他比劉德華好。」

輪胎印女破涕為笑，說：「謝謝你。」

菜刀猛男看著粉紅女，哈哈大笑說：「妳選的男人真特別。」

「可不是？」粉紅女嘻嘻一笑，拿著七緣紅線的另一頭，說：「但問題還沒解決呢，要怎麼綁上小咪還是個大問題。」

我不好意思拖累大家，於是說道：「這簡單，我一個鬼衝下去綁，你們只要幫我引開他們的注意力就行了。」

大家面面相覷。

死神團隊實在太強，不僅有二十個菁英在小咪旁戒護，更有上千死神集結在一起，不知道要執行什麼驚人的大計畫。

硬衝的話，百分之百魂飛魄散。

「有沒有什麼防護魂魄的好寶貝？什麼金甲神衣、無敵寶甲之類的？我去跟大月老借幾件來穿？」我簡直胡言亂語。

輪胎印女搖搖頭，說：「不知道，也許有吧。」

粉紅女眼放異光，說：「有了！」

大家看向粉紅女，只見她自信滿滿說：「聽我說，我們兵分三路。黑人牙膏拿著七緣紅線一頭去南投，輪胎印女拿著另一頭去綁那個音樂家，我去討救兵，到時候南投見！」

「哪來的救兵？！」菜刀猛男大感疑惑。

「看我的。」粉紅女跳上疾風，回頭說：「如果風夠強，就一定來得及！」

我看著粉紅女的背影離去，拿起七緣紅線說：「不管有沒有救兵，我一定要綁上紅線。」一股勇氣在拳心裡越來越結實。

只有相信，才有成功的可能。

輪胎印女感激地說：「黑人牙膏，我真的很謝謝你。」

我莞爾，縱身跳上勁風，朝著南投奔去。

我必須親手終結我的愛情。

25

「下雨耶，還要出去嗎？」

女孩望著窗外的大雨。

「要啊，在雨天裡跟妳散步一定很棒。」男孩牽著女孩的手。

「你不要趁機向我求婚，我才跟你出去。」女孩看穿男孩的心事。

「跟妳求婚有什麼不好？」男孩笑嘻嘻地說。

「今天是愚人節，你跟我求婚的話，我會很生氣的。」女孩捏著男孩的鼻子，又說：「在愚人節求婚，會有報應的！」

「才怪。」

男孩牽著女孩，撐著雨傘，走進大雨中的山林小徑。

我坐在風上，往事像坦克車輾過我的淚腺。

輾死我吧。

□

我從未看過這種駭人情景。

約莫上千多個死神，手持冥刀，一個個往南投埔里的方向飄去。

景狀妖異之至。

「老大！這麼多死神去埔里幹嘛？」我飛在一個斷頭死神身旁問道。

「你是？」斷頭死神問。

「月老。」我大聲說。

「現在告訴你也無妨，埔里就要發生大事了，如果你要去牽紅線，唉，那還是免了吧，那裡將要死很多很多人啊！」斷頭死神好意道。

「死很多人？」我雖然猜到是場天災，但不明白將會有多嚴重。

「全台灣九成的死神都被調來埔里了，你看會死多少人？」斷頭死神嘆道：「我老家其實也在埔里，但又有什麼法子呢？唉……人生無常啊！」

我知道小咪公司正在埔里度假，真是一個勁往火坑裡跳！

「任務什麼時候開始？！」我急問。

「再過一小時吧！」斷頭死神抬頭，看著天時。

我趕緊拜別斷頭死神，慌忙地往埔里內衝，想尋找小咪公司的下榻旅社。

但越往埔里衝，我就越是心驚。

每隔十幾公尺就有一個死神磨刀霍霍，蓄勢奪命。

小咪，妳等我。

誰都無權奪走妳甜美的生命，包括死神，包括命運。

拚著魂飛魄散，拚著墮入虛無，我都要妳幸福快樂。

即使帶給妳幸福快樂的……

不是我。

26

是了！

那麼多個死神！一定在那間旅社！

我看見五十多個死神匯聚在一間小旅社的周圍、上空。

混帳！不是說只有二十個嗎？！

我根本不指望粉紅女能找到什麼救兵，畢竟只有鬼神才能對抗鬼神，但鬼神又都不敢逾越命運的安排、地獄的規令，根本就不可能會有天兵天將來幫我。

所以，就這麼辦吧。

我抓緊七緣紅線，慢慢走近小旅社。

作戰計畫？

能指望我把七緣紅線當成星雲鎖鏈來耍嗎？靠！我又不是聖鬥士！

能指望我像耍大月老那樣，一次耍玩五十個死神嗎？

「小咪！」我大吼著。

死神們一驚，紛紛凝神定位，一下就看到站在街頭的我，個個抽刀相向。

「小！咪！出！來！」

我大吼著，雙腳卻不由得顫抖。

我能挨多少刀？

在我魂飛魄散以前，我能及時綁住小咪嗎？

也許我根本沒有把握綁住小咪。

也許我只是想在小咪面前，再逞一次英雄，然後壯烈地碎成破片吧？

也許。

一個清瘦的女孩，咬著嘴唇，淚眼汪汪地走出旅社。

小咪。

我的雙腿突然不再顫抖，胸口不再起伏。

「這兩天我的身邊有好多死神，我好怕……」小咪哭泣道：「我好怕埔里會發生恐怖的事，所以叫公司的同事先回彰化。但是這些死神威脅我，不准我離開埔里，不然就要依令處決我，阿綸，我好怕。」

我的心完全平靜下來。

因為我的勇氣已站在我眼前。

「別怕，有我在，誰都別想傷害妳。」我拿起七緣紅線，心中澄靜。

幾個死神踏步向前，大聲道：「你就是那個叫黑人牙膏的月老吧！上面規定，要是你敢插手天譴，就連你一起處決掉！立刻！」

小咪大駭，說：「阿綸，這是怎麼回事？」

一個死神冷冷地說：「再過半小時，九二一計畫開始執行，我們就會取走妳的命。」

小咪卻鬆了口氣，說：「那也沒什麼，阿綸，你別為我冒險，我馬上就跟你相聚了。」

我大聲吼道：「他們根本不會讓妳有機會跟我在一起！」

一個死神陰陰笑道：「沒錯，我們會護送妳的靈魂去投胎，以免擾亂陰陽秩序。」

小咪倉皇失措地說：「怎麼可以這樣？我跟阿綸……」

死神拿著刀架在小咪的脖子上，喝道：「囉唆！大家擺陣！別讓黑人牙膏靠近！」

五十個死神快速走位，舉刀護身，殺氣震撼大地，野狗紛紛奔逃走避。

我哈哈一笑，揮舞著七緣紅線大叫：「快讓開！否則我要用這條七雷毀陰索了！」

五十個死神你看我、我看你，眼中流露懷疑與不屑。

我怒眉大吼：「快放開我的女人！七雷一出，鬼神共拜，毀陰滅陽，萬里俱滅！還不快快迴避！」

一個光頭死神大叫：「沒聽過什麼毀陰索！你放屁！」

我咬著牙，看著小咪大叫：「那是你沒知識！有種就砍啊！小咪一死，我照樣甩出七雷毀陰索，一鞭就叫你們魂飛魄散！我再到陰間搶回小咪的魂魄就是！」

裂嘴死神狂笑：「我看你吹牛到幾時！」

小咪一雙眼睛水汪汪的，看著我，輕輕搖搖頭。

越是這樣，越教我勇氣百倍。

我大笑：「我數到三就衝過去！大家一塊神形俱滅吧！」

我來了，我的女神。

「一！」

我大叫，七緣紅線在我手中紅得發亮。

靈異的世界無所謂不可能，當鬼當幾百年都有不明白的事。

死神們個個戒慎恐懼，卻又難以置信，手中緊握冥刀。

「二！」

我看著小咪微笑，兩行清淚自小咪雙眼滑落。

別怕，現在還不到怕的時候。

「三！」

我大笑，拉著七緣紅線衝向死神的刀叢。

鬼已經沒了心跳，但我的胸口還是撞得厲害。

「大家快閃！那真是七雷毀陰索！」

一個死神尖叫，拋下冥刀滾出刀叢。

這一聲尖叫就像炸彈在刀叢中爆開，所有的死神都倉皇失措地逃開，我邊大笑邊衝進潰散的死神群中，緊緊抱住小咪。

「快帶我走！」小咪淚中帶喜。

「好！我先替妳綁上這條紅線！」

我將七緣紅線綁在小咪的手指上，瞥眼看見剛剛尖叫的死神。

果然是提供我情報的「長髮女人」，用超恐怖的上吊眼向我默契一笑。

真是太感謝了！

「這紅線……」小咪看著手上的七緣紅線，說：「這紅線有點怪怪的，跟以前的好像不太一樣。」

「對不起。」我看著疑惑的小咪，說道：「我們分開的時候終於到了。」

「這是什麼意思？」小咪的眼中充滿不安。

「把我忘記，遠方有一個值得妳託付七世的男人，在等妳。」我緊緊牽著小咪，別過頭來，不敢看著她的臉。

我環顧將我包圍起來的死神團隊，個個將信將疑，不明白「七雷毀陰索」為何會綁在小咪的手上。

我知道再也唬爛不了，於是大聲說道：「來吧！反正你們已經傷害不了小咪了，快來拿走我的魂魄吧！」

五十個死神痛聲大罵：「兩個一起劈了！」

眼看眾鬼合圍之勢就要向我倆捲來，此時卻刮起一陣驚人的陰風。

天地間濃烈著凜冽的肅殺氣息。死神、我、小咪抬頭一看，只見上千個死神聚集在埔里上空，個個面色哀戚沉重，等待著大地的哭嚎。

轟！

地底下發出巨響，大地震盪！有如蛋殼般脆裂！

小咪尖叫聲立刻被淹沒。

家家戶戶發出膽碎心裂的呼號，伴隨著幾乎同時爆開的玻璃破碎聲。

淒厲的陰風疾竄在發狂的大地上，飛沙走石，和瘋狂的大地唱和。

一個七尺大魚缸衝出對面民宅的窗戶，重重摔爛在地上。

「砰！」沉悶的爆炸聲衝破三間民房。

一個瓦斯筒夾著火焰噴射出陽台，在半空中和鋼琴撞成一團火球。

小咪抱著頭，縮在我的懷裡，嚇得不敢作聲。

眼前的小吃店頓時被無形的巨力推倒、壓扁，只有一條斷掉尾巴的花貓及時逃出。

「太可怕了！」一個死神嘆道。

我抱著小咪，看著地面上的磚磚瓦瓦在一分鐘之內逃離結構框架。

機警的人們跳下窗戶逃生，來不及從睡夢中醒覺的人，大多被倒塌的天花板或樑柱奪走生命，或陷在水泥破片中，連死神都看傻了眼。

小咪身旁的旅社也無法倖免，像百歲老人般無助地跪倒，在我們頭頂上崩塌。

但巨石鋼筋在小咪的周遭卻奇異地扭曲、彈開，好像有一道強而有力的神牆保護著小咪，千真萬確，一定是七緣紅線的威力！

趁著混亂，我趕緊把握時機告訴小咪：「看到了嗎？從今以後再也沒有人可以傷害妳了。」

小咪睜開眼，看著巨石瓦片從她身旁彈開，奇道：「這是怎麼回事？」

「太奇怪了！」一個無臉死神也驚叫：「那女孩身上有東西保護著！」

我掃視周圍驚疑不定的死神，忍住眼淚，說：「小咪，這條紅線很特別，它是織女用鮮血和眼淚織化成的七緣紅線，一旦綁上它，天地萬物都無法阻擋妳跟紅線另一端上的男人的愛情。所以，現在是妳我道別的時候了。」

小咪瞪大雙眼，看著手中的紅線，「哇！」一聲哭了起來。

接著，一巴掌打在我空蕩蕩的臉上。

「你有病啊！嗚……為什麼要把我送給別人……」小咪憤怒又傷心。

天崩地裂中，五十多個死神也在等待我的答案，一邊磨刀。

「我也不想這樣，但我絕不讓妳因我而死，讓妳因我莫名其妙地投胎轉世。」我摸著七緣紅線，無奈道：「真是命運的捉弄，我生前不被月老祝福，死後卻要送走自己最愛的人。」

小咪只是哭。只是哭。

「忘記我吧！」

我緊握雙拳，大聲道：「這條紅線就是妳的幸福，妳不要為了一個死掉的笨蛋難過了。為了妳自己，為了妳爸媽，也為了我，去追尋自己的幸福吧！」

小咪泣不成聲，哭倒在地上，說：「你說過要娶我的……」

是啊……

我說過的。

我吻著小咪的頭髮，說：「也許，也許過了幾百年，只是晚了點……我會等妳過完幸福的七世……總有一天，我一定會娶妳的。」

我的淚滴在小咪的頭髮上，輕聲說：「去追尋吧，我等妳七百年。」

去吧。
我最愛的，
別人的新娘子。

27

天搖地，亂石崩雲。

愛情，在這種時刻，

最堅強。

而我，是一個月老。

即將失去最愛的月老。

「再唱一次，再唱一次那首歌好不好？」

小咪窩在我的懷裡哭泣，無視世界在我倆身邊毀滅。

「妳的真命天子是個音樂家，他會為妳譜出一萬首情歌的。」我看著小咪，說：「他會疼妳、愛妳、替妳擋子彈。」

「我要再聽最後一次，將每一個音符記住，七百年後，我會因這首歌找到你。」

我哈哈一笑，說：「那我就再唱一次，死神大哥大姊們，再多給我三分鐘吧！」

死神團團將我倆包圍，我絕無可能逃離。

一個死神嘆口氣：「你唱吧，但你馬上就要魂飛魄散了，談什麼七世、七百年？」

小咪吸了一口氣，睜開眼看著我，慢慢說：「你又在騙我了。」

我眨眨眼，說：「妳看這塊水晶。」我從懷中拿出劈陰破陽的黃水晶，又說：「這是金甲護靈石，很猛的，任何鬼神都傷不了我。」

死神個個臉上斜線，卻都不忍戳破我的謊言。

小咪抹去眼中的淚水，噗哧一聲笑了出來：「我才不信，你是不想讓我擔心，對不對？其實你又要拋下我了，對不對？」

小咪說完，卻又將臉埋在我懷裡，埋著。

我搖搖頭，抱著小咪，輕聲唱道……

□

「今天是我第一百次求婚，給妳個驚喜。」

男孩站在大樹下，一臉神祕兮兮。

「驚喜？」女孩撐著。

男孩拿出預藏在大樹後的鮮花，說：「妳知不知道愛情電影為什麼會感人？」

「你說呢？」女孩等著男孩的表演。

「那是因為背景音樂的關係。沒有音樂，一切都不對勁了。」男孩笑著，說：「所以，我為妳寫了一首歌，有了背景音樂，今天妳穩答應我的。」

「是嗎？聽聽看囉。」女孩看著大雨中的男孩。

走來了　輕輕走來了　在我的生命裡　上天送我一份大禮
那就是妳　輕輕地偎在我的懷裡　我要對妳說聲老婆我愛妳
走來了　細細走來了　望著妳的眼睛　傾聽著妳的聲音
讓我飛　飛到了神奇的世界　好想緊緊抱住妳

唱著妳的歌　唱著妳的歌　回憶吊橋的畫面
將妳的手　輕輕地溫暖我的胸口
喜歡妳的眼　喜歡妳的體貼　喜歡妳在身邊的感覺
喜歡妳的柔　喜歡摸摸妳的小小耳朵
有妳的故事　有妳的一個我　就在這裡再唱一首歌
幸福的背後沒有最終的溫柔　就讓我鼓起勇氣向妳親口說
嫁給我吧　嫁給我吧　妳這個幸福的傻瓜
把妳的一生都託付給我吧　頂多只是嫁給了神經病了吧

嫁給我吧　嫁給我吧　把妳的手輕輕慢慢地向我遞過來吧
家裡的廚房不要一直空著啦　阿苦也要有人來陪牠吧　就這樣嫁給我吧
嫁給我吧　嫁給我吧　妳這個幸福的傻瓜
喜悅在我的眼眶裡打轉　難道妳都看不出來嗎
嫁給我吧

我唱著唱著，胸口溼了一片。

就這樣魂飛魄散吧。

帶著心愛女人的眼淚，魂飛魄散吧。

「我要嫁給你，總有一天。」小咪說，不再流淚。

「我知道。」我捏著小咪的鼻子，說：「再見了，七百年後的新娘子。」

「戒指我就先保管了。」小咪摸著戒指，淒然笑道：「就像你說的，有些事，一萬年也不會改變。」

我哭了嗎？

我沒有，我笑得很開懷。

故事能有這樣的結局，已令我意想不到的安慰。

「再見。」

我放開小咪，走向死神奪魄噬魂的刀鋒。

我沒有回頭。我不忍心。

「動手吧，謝謝你們。」我閉上眼睛，嘴角仍掛著微笑。

死神們舉起冥刀，說道：「對不起，天譴難違，我們只好讓你抵罪。」

我點點頭，準備再死一次。

「砍！」

「不准砍！」

冥刀摔落在地上。

我差點笑了出來，因為冥刀上釘著一支箭。

只有鬼神才能對抗鬼神。

「邱比特？」我喃喃自語，抬起頭。

黑暗詭異的天空，點綴上星星般閃耀的白翅邱比特。

個個拉弦抓箭，我猜……大概有幾百個邱比特吧！

「Freeze！不要動！」為首的邱比特大叫，他的身旁飄著一個美麗的姑娘。

粉紅女。

「風很大很順！又剛好碰上會講中文的！」粉紅女張開雙手大叫，臉上喜悅無限。

「謝謝妳！不過不需要了！」我大叫：「不要讓死神為難！我已經替小咪綁上七緣紅線了！」

粉紅女一愣，她身旁的邱比特集團也一愣。

眼前的死神也一愣，隨即大叫：「天上的兄弟快來幫我們！」

早已在半空中收魂納魄的三千死神隨即聚攏過來，跟邱比特集團形成對立的局面，狀態緊張拉鋸。

「你們不應干預我們的神職體系！」死神長老厲聲，指揮其餘的死神舞刀護身。

「愛情是沒有國界的！」一個華裔邱比特大叫。

另一個邱比特也大叫：「Pink Lady千里迢迢要我們幫忙，沒有條件，只有愛情的請求！我們沒有理由拒絕！」

死神長老咆哮道：「不要趁我們在執行重大任務時騷擾我們！這次的事跟你們西方的神職沒有一點關係！大家快點亂刀砍扁那個月老，快快回到崗位收魂！」

為首的邱比特立刻舉箭大叫：「你們敢？！我們就把你們射成蜂窩！」

我真是受寵若驚。

小咪從後面抱著我，緊張地等待。

等待著什麼？

數百邱比特舉箭朝向龐大的死神團隊。

死神數量是邱比特的數倍，但兩方的距離頗大，對使箭的邱比特相當有利。

死神仗著鬼多，大可以衝進邱比特集團中砍殺攻擊，但在那之前死神一定會大量損兵折將。

死神長老非常清楚這一點，他看起來非常心急，因為「九二一大計畫」遠比我這個私人附帶的天譴計畫要重要得多，若未能在時辰內收完魂魄就算任務失敗了，一定有異常嚴苛的處罰在後面等著。

「混帳！我們死神辦事！到底干你們屁事？！」死神長老歇斯底里地大吼。

「愛情沒有國界！」邱比特大叫。

「不要逼我！我們的人數是你們的好幾倍！」死神長老舉起手。

一揮手，一場鬼打鬼的戰爭就要展開。

「我們有箭！」為首的邱比特眼神也快冒出火來。

「我們有刀！」死神長老怒不可遏。

「我們的箭絕對連發！」

「我們鬼多，淹都淹死你！」

我實在不忍心這麼多邱比特為我犧牲。

反正小咪即將嫁作他人婦，我已沒有存在天地之間的理由。

所以——

「邱比特大哥！粉紅女！謝謝你們！不過真的不必為我開戰！」

我輕輕掙脫小咪的雙手，看著身旁的死神大叫：「來吧！不要客氣！」

「你說謊！」小咪一拳揍向我的後腦，哭喊：「說好七百年後再見的！現在有機會你卻不逃！你卻不逃！」

粉紅女也大叫：「黑人牙膏！我願意陪你七百年！你不要做傻事！」

我搖搖頭，我只能搖搖頭，慢慢拾起被愛情箭釘在地上的冥刀，看著。

粉紅女急道：「不要！！！你只會為小咪想！只會為自己想！卻都沒替我想過！我愛你難道你不知道嗎？！不要讓我傷心，我會去投胎的！」

我看著半空中的粉紅女，她一臉的驚惶與悲傷。

「我投胎的話，一定會很可憐！」粉紅女哭了。

淚水滴在震動的大地上。

我知道。

我知道。

「請放過我。」

我丟下冥刀，淡淡地說。

「長老，時辰快到了，萬一發生戰爭，死神人手不夠，恐怕……」長髮女人擔心道：「恐怕到時候大家都得再死一次。」

「王八蛋！」死神長老努力冷靜下來，喊道：「散開！快回崗位收魂！以後再跟你們慢慢算帳！」

三千死神似乎也鬆了口氣，一下子便散開。

「謝謝。」邱比特首領揮手向死神長老示意。

卻見死神長老氣呼呼地掉頭離去。

地震停止了。

一切的混亂暫時靜止。

無數徬徨失措的幽魂從四面八方飄蕩出來，死神們趕緊上工。

粉紅女飛到我身邊，看著小咪手上的紅線。

「我把他交給妳了。」小咪擦乾眼淚，將我推向粉紅女。

「我幫妳保管七百年。」粉紅女握緊我的手。

「他很笨，又愛亂講話，妳要多照顧他。」小咪低著頭，說話的聲音細如蚊子。

「他很笨，又愛亂講話，我幫妳照顧他。」粉紅女的鼻子也紅了。

我看著小咪，說道：「七百年後，觀霧大樹下見，我要再唱一次給妳聽，再聽一次妳的承諾。」

小咪掩面轉身奔跑，左手上的紅線在夜空下閃閃發亮。

「一定要幸福。」我喃喃自語。

一定……

28

粉紅女拉著我，緩緩跟著邱比特，飄洋過海。

這是逃亡的開始，一點真實感也沒有。

逃多久？

不知道。

我想，我會有好長一段時間不能看到小咪。

我在星空中看著身旁的粉紅女，她似乎很激動，緊緊地牽著我的手。

「謝謝妳。」我看著粉紅女。

「謝謝這些天使吧。」粉紅女揉著旗袍上的線頭，笑著。

邱比特們紛紛向我點頭問好，雪白的翅膀劃過夜空。

「Welcome to our world!」為首的邱比特欣然。

身為月老，我親手了斷自己的愛。

身為月老，我竟然倚仗邱比特的大力幫忙。

我的拳，輕輕拍著胸膛。

「Thank you, all my friends.」

也許，我該開始練習弓箭了。

終章：在那遙遠的記憶

「你的弓箭呢？」

我好奇地問道，繼續敲著鍵盤。

「沒啊，還是老方法，紅線。」

一個全身黑漆漆、帶點焦味的男子，笑嘻嘻坐在窗戶外的大樹上。

也許，你可以叫他「黑人牙膏」。

「為什麼？後來發生了什麼事？」我拿起桌上的咖啡，加了三匙奶精。

黑人牙膏笑著說：「邱比特努力交涉，終於使月老界赦免了我。」

我聞著咖啡的香氣，說：「真是意想不到。」

「是啊，真是意想不到，我在美國跟歐洲待了兩年，才等到命運的赦免。」黑人牙膏嘆了口氣。

我看著黑人牙膏在咖啡的熱氣中迷濛、溶解。

「小咪呢？」我端詳著黑人牙膏。

「赦免令中規定我不准接近她，不過我聽菜刀猛男說，小咪後來開了一間咖啡店，遇到了一群很有趣的朋友，最後，你知道的，終於等到了那一個人。」黑人牙膏掩不住的溫暖：「那我就放心了。」

黑人牙膏看著遠方，手中玩弄著紅線。

我點點頭，看了看黑人牙膏，又看了看他身邊的美女。

粉紅色的旗袍美女，正搖晃著她的小腳。

「這個故事怎麼樣?可以用嗎？」粉紅女甜甜地說。

「該怎麼說呢，雖然跟我以前寫的小說調性不同。好吧，根本就很瞎。但，這是一個好故事，我整理一下，晚點放在網路上。」我喝著咖啡，忍不住說：

「沒想到你們會來找我，不過我們先講好，我很怕鬼，沒事不要突然出現啊！」

粉紅女挽著黑人牙膏，說：「嘻嘻，希望這個故事，能有些什麼啟示之類的。」

我聳聳肩，說：「提醒大家珍惜身邊的愛人？」

黑人牙膏笑了出來，說：「就當作一個普通的愛情故事吧！」

我看著電腦螢幕，準備做個結束。

「還有什麼要補充的嗎？」我停下敲鍵盤，問。

粉紅女輕輕吻著黑人牙膏，黑人牙膏笑了。

「沒有。」

我也笑了，在電腦上敲著……

「有些愛情，在死後依舊永恆，有些愛情，在死後才開始。」

我不曉得七年以後，黑人牙膏是否會等到小咪。

也不曉得七年以後，這個奇怪的三角關係，將會變得如何。

我不曉得。

我只知道，愛情帶給我們力量，賦予我們勇氣。

如果你有心愛的人，你會得到保護她所需要的一切力量。

如果你還是個宅，那麼……

為了即將遇見的她，你得努力讓自己變成一個更好的人。

這就是愛情。

希望我們都能遇見願意幫妳擋子彈的男孩，遇見令巨箭無法前進的女孩。

下個故事再見。

The End

愛九把刀 07

月老
Till We Meet Again

月老/九把刀著. -- 二版. -- 臺北市：春天出版國際文化有限公司, 2021.11
面； 公分. -- (愛九把刀；7)
ISBN 978-957-741-477-9(平裝)

863.57 110017580

作　者　九把刀
封面繪圖　左萱
總編輯　莊宜勳
主　編　鍾靈

出版者　春天出版國際文化有限公司
地　址　台北市大安區忠孝東路四段303號4樓之1
電　話　02-7733-4070
傳　眞　02-7733-4069
E－mail　frank.spring@msa.hinet.net
網　址　http://www.bookspring.com.tw
部落格　http://blog.pixnet.net/bookspring
郵政帳號　19705538
戶　名　春天出版國際文化有限公司
法律顧問　蕭顯忠律師事務所
出版日期　二〇二一年十一月二版

定　價　250元

總經銷　楨德圖書事業有限公司
地　址　新北市新店區中興路二段196號8樓
電　話　02-8919-3186
傳　眞　02-8914-5524
地　址　龍旺角塘尾道64號 龍駒企業大廈10 B&D室
電　話　852-2783-8102
傳　眞　852-2396-0050

ISBN 978-957-741-477-9
Printed in Taiwan